Stefan Ullrich · Der Kurs der ›Spirit‹

AF192112

Das Buch

Im Frühsommer 1991 trifft der junge Schauspieler Stefan Ullrich in
L.A. ein. In Deutschland hat er alle Brücken hinter sich abgebrochen,
will sich eine ›Auszeit‹ gönnen, um in der Neuen Welt sein Glück zu
suchen. Bald setzt angesichts der schwierigen Arbeitsmarktsituation für
Ausländer in den USA ohne Green Card eine gewisse Ernüchterung
ein, und auch die Hollywood-Karriere rückt in weite Ferne. Durch Zufall
entdeckt Stefan in einem Hafen in der Nähe von L.A. die ›Spirit‹. Der
Besitzer dieses alten Frachters hat sich ganz in den Dienst Gottes gestellt.
Sein Schiff dient nicht nur dem Transport dringend benötigter Spenden
in ärmere Länder, sondern bietet Suchenden auch ein Leben in enger
christlicher Gemeinschaft. Stefan Ullrich erlebt eine abenteuerliche
Seereise von L.A. aus über Mittelamerika nach Lettland, wo der
Aufenthalt geprägt ist von den Ereignissen um den Putschversuch der
KP-Funktionäre gegen Gorbatschow und die Unabhängigkeitsbestre-
bungen der baltischen Staaten.

Der Autor

Stefan Ullrich, geboren 1964 in München, besuchte nach dem Abitur
eine Schauspielschule. Er ist heute als Verwaltungsinspektor in der Be-
rufsgenossenschaft für Gesundheitsdienst und Wohlfahrtspflege tätig.
»Der Kurs der ›Spirit‹« ist seine erste Veröffentlichung.

Stefan Ullrich

Der Kurs der ›Spirit‹

Als Deckhand von L. A. nach Lettland

Dieses Buch ist als Book on Demand gedruckt und in jeder Buchhandlung sowie bei Internet-Buchhandlungen zu beziehen. Außerdem nimmt der Autor gerne Bestellungen entgegen.

Stefan Ullrich
Struppener Straße 18
01259 Dresden
Fax: (03 51) 2 03 04 09

e-mail: s777us@aol.com

© 2000 Stefan Ullrich
Umschlaggestaltung: Kay Fretwurst, Erkner
Zeichnungen: Gunter Peter, Dresden
Herstellung: Libri Books on Demand
Printed in Germany · ISBN 3-89811-982-3

INHALT

Dem gewidmet, der allein gut ist

Vorwort

Auch in unserer heutigen Zeit können noch Kindheitsträume,
Abenteuer und Gotteserfahrungen wahr werden.
Man muß sie nur wirklich suchen ...

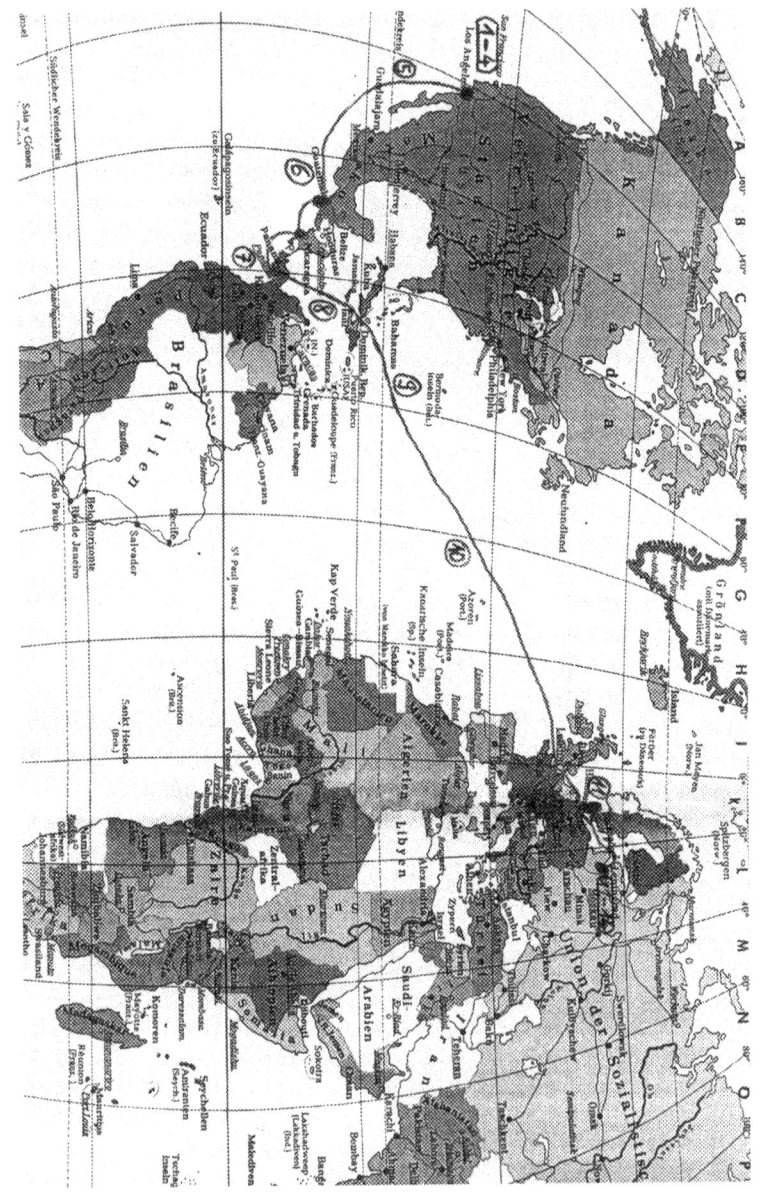

1. FLUG INS NICHTS

»Was du suchst, findest du hier nie!«, sagte sie noch und gab mir einen Kuss zum Abschied. Es war wie Sterben.

Dann passierte ich den Check-in und begab mich zum Flugzeug. Wenig später hob die Maschine ab, meine Heimatstadt verschwand im Nebel. Ich hatte meine Freundin verlassen, meine Freunde, meine Eltern, meine Wohnung, meine Arbeit, meine Stadt, vielleicht auch mich selbst. Und das alles, um im Land der unbegrenzten Möglichkeiten Schauspieler zu werden. Ohne Beziehungen. Ohne Geld. Ohne Green Card. Was für ein Wahnsinn.

22 Stunden später auf der anderen Seite des Globus der Landeanflug. Die schachbrettartig aneinanderliegenden Dächer von Los Angeles schienen kein Ende zu nehmen. Mein Gott, wann hört diese Stadt denn endlich auf? Keine Freundin, kein Freund, keine Eltern, keine Wohnung, keine Arbeit – aber 12 Millionen Einwohner! Was zum Teufel willst du hier eigentlich? Egal jetzt! Schwarzenegger hat's schließlich auch geschafft – also: Augen zu und durch!

Die Maschine setzte auf, die Brücken waren gebrochen ...

»Ich würde lieber einen etwas größeren Wagen nehmen, bei dem der Kofferraum von außen nicht einzusehen ist!«, empfahl mir der freundliche Neger von der Autoverleihfirma mit Blick auf meinen voluminösen Rucksack. Überzeugend. Schließlich waren wir in L.A. und nicht in Wolfratshausen. Also nahm ich anstatt des vorbestellten Kleinwagens für ein ›paar‹ Dollar mehr einen Geo Prizm Hyundai – nagelneu, ganz in weiß, viertürig. Aber Automatik – naja.

Als Erstes hielt ich gleich mal auf einen Drive-in zu, um mir einen gigantischen triefenden Burger ›reinzuziehen‹. Endlich den dürftigen Flugzeug-Mampf kompensieren, endlich richtig amerikanisch sein. Danach klapperte ich einige Motels ab, ergatterte schließlich für 80 Dollar ein Zimmer. Von dort rief ich am nächsten Morgen eine Kontaktadresse an, die mir von meiner Agentur in Deutschland als ›Geheimtip‹ empfohlen worden war. Über diese Person – angeblich die Exfrau eines Gruppenmitglieds der legendären Beach Boys – erhielt ich wiederum die Telefonnummer einer gewissen Cathy, die gerade einen Untermieter für ihr Strand-Appartment suchte. Mit ihr vereinbarte ich dann noch für den gleichen Tag einen Besichtigungstermin.

Ich hatte also ein erstes Ziel. Frohgemut setzte ich mich in meinen Geo Prizm und machte mich über den berühmten Venice Boulevard auf den Weg in den nicht minder bekannten Stadtteil Santa Monica. Der Autoverkehr war dicht, aber entspannt, gemessen an europäischen Verhältnissen sogar eher rücksichtsvoll. Kein sinnloses Zurasen auf eine längst rotgeschaltete Ampel, keine heulenden Kavalierstarts bei gelb, kein nötigendes Auffahren, kein aggressives Überholen oder ähnliche Barbareien. Links und rechts von der mehrspurigen Fahrbahn immer das gleiche Bild: Supermärkte, Immobilien- und Autohändler, Fastfood-Hütten, Sport- und Fitness-Fabriken, dazwischen kleinere Dienstleistungs-Shops mit ihren typischen Kommerz-Fassaden. Die niedriggeschossigen, erdbebensicheren Flachdachbauten erinnerten dabei mit ihrem hell getünchten Mauerwerk eher an ein mexikanisches Pueblo als an eine US-Mega-City. Wäre da nicht immer wieder dieser unsägliche Wald von Reklametafeln gewesen! Einfach penetrant.

Die Menschen wirkten im Gegensatz zum deutschen bzw. europäischen Erscheinungsbild äußerlich etwas verbrauchter und weniger wohlhabend. Ihre Kleidung schien schlichter und in gewisser Weise geschmackloser oder gar schlampiger als in unseren Breiten. Man konzentrierte sich in erster Linie auf seine Besorgungen, geschäftlichen Aktivitäten oder einfach nur sich selbst. Von der so oft kritisierten amerikanischen Hektik war allerdings auch nicht mehr zu spüren als von dem hastigen Getue hier zu Lande ...

Jetzt kamen die Palmenalleen – das Zeichen, dass es nicht mehr allzu weit bis zum Strand sein konnte. Offene Cabrios und hochgezüchtete Motorräder wechselten mit sonnenbebrillten Bikern, eingegelten Skatern und walkmanbestückten Joggern. Die lange Gerade endete schließlich in einer als Parkplatz umfunktionierten Sackgasse. Bevor ich Cathys Appartment aufsuchte, schlenderte ich erst mal zwischen Eisständen und vereinzelt herumliegenden Badegästen durch den Sand und genoss am Saum des angespülten Meerwassers die frische Brise und den freien Blick auf den Pazifik. Und ahnte nicht, dass ich schon bald dort draußen sein sollte …

Cathy erfüllte rein äußerlich sämtliche Vorurteile, die man beim Gedanken an den kalifornischen Lifestyle nur haben konnte: Peinlich schlank, knallblond, leicht verlebte Gesichtszüge, lässiges Outfit.

»Ich lasse nur schnell den Hund pinkeln«, piepste sie am Hauseingang mit ihrer unvermeidlichen Melanie-Griffith-Stimme und ließ ihre schwarze Dogge noch ein bisschen in der Gegend herumhüpfen, bevor wir nach oben gingen.

Das Appartment war hübsch und geräumig, aber leider unbezahlbar für mich.

»Hm, ich hab hier 'ne Zeitung mit aktuellen Mietangeboten«, sagte das Girl, »was hältst du davon, wenn wir uns die drüben in der Kneipe mal anschauen?«

Nach einigen Drinks an der Bar hatte Cathy dann auch ein paar Inserate herausgefischt, die sowohl meinen finanziellen als auch sonstigen Vorstellungen in etwa entsprachen.

»Und du willst dich bei uns also als Schauspieler bewerben …«, amüsierte sich die Amerikanerin. Dann nippte sie mit wissender Abgeklärtheit an ihrem Glas und sagte: »Das wird ganz schön hart, kann ich dir sagen! Ich hab's nämlich auch schon probiert – und nicht geschafft. Ohne Kontakte und Agenten läuft hier gar nichts, Sunnyboy. Und ohne Mitgliedschaft in der ›Screen-Actors'-Guild‹, der großen Schauspieler-Zunft, auch nichts. Hat 'ne Weile gedauert, bis auch ich das gecheckt hatte …«

»Und jetzt?«

» … darf ich mich mit irgendwelchen Jobs durchschlagen …«

»Surviving in L.A. …«

»That's what it is, boy! Lass dich nur nicht verscheißern hier!«

Die folgenden Tage standen ganz im Zeichen der Wohnungssuche. Zur Überbrückung übernachtete ich in billigen Hotels und Jugendherbergen, die zu meiner Überraschung und Erleichterung selbst in dieser Glitzer- und Glamour-Metropole offenbar noch nicht ganz ausgestorben waren. Zwischen und nach meinen Besichtigungsterminen nutzte ich die Gelegenheit, um mit dem Wagen die Stadt ein wenig zu erkunden. Die Frage war nur, wo sie sich befand. Denn außer der Hand voll Wolkenkratzer in Downtown – das man mit dem Auto innerhalb weniger Minuten durchqueren konnte – war im Grunde fast nichts zu sehen, was – nach europäischer Vorstellung und Gewohnheit jedenfalls – dem Bild einer Großstadt entsprach. Die lang gezogenen, geradlinigen Boulevards und die rechtwinklig kreuzenden Avenues, die relativ weit von der Straße zurückgesetzten, monoton aneinander gereihten Wohnbatterien sowie die schrillen Werbetafeln hinterließen vielmehr den Eindruck einer sich ins Ewige ausdehnenden Vor- oder Kleinstadt. Daran konnten auch das quirlige Chinatown, die bunten Mexikaner- und Italienerviertel, die gepflegten Rasen der Besserverdienenden sowie das mondäne Beverly Hills mit seinen weißen Luxuskarossen nichts ändern ...

Am sechsten Tage nach meiner Ankunft in den Vereinigten Staaten von Amerika, also gerade rechtzeitig vor Abgabe meines Leihwagens, trugen die von Cathy ausgeschnittenen Wohnungsanzeigen endlich ihre Früchte: In Palms, einem der nicht besten, aber auch nicht schlechtesten Viertel von L.A, fand ich in einem geräumigen ehemaligen Kinderzimmer eines leicht abgetakelten Einfamilienhäuschens mein neues ›Zuhause‹. Victor, der 48-jährige Vermieter, hatte sich gerade von seiner Frau und den drei kleinen Töchtern getrennt und lebte nun mit einem weiteren Untermieter, dem Texaner Dave, hier zusammen. Angesichts der immer noch herumstehenden Miniaturmöbel seiner ausgezogenen Kids und deren dunkelbrauner, schlieriger Hinterlassenschaften an Wänden und Teppichen schien ›Dr. Vic‹ – wie sich der selbstständige Zimmermeister mit Pseudonym nannte – meine Zusage offenbar selbst nicht ganz zu begreifen.

»Are you sure?«, fragte der fettansetzende Hüne ungläubig nach, und seine blonde Tolle federte ihm bis über die Augen. Doch ich war sicher.

»Beim Duschen musst du schnell machen, denn wir haben hier ein großes Wasserproblem! Könnte sein, dass sie dir plötzlich den Hahn abdrehen, wenn du den Kopf voller Shampoo hast, ha, ha!«, ermahnte mich der Ami, bevor er mich einziehen ließ.

»Willkommen im Club! Ich bin Dave!«, grüßte mich der andere etwa 40-jährige Untermieter, der da mit seinen Cowboy-Stiefeln im Lehnstuhl des Wohnzimmers hing und die 55 Fernsehprogramme rauf- und runterzappte.

«Du bist 'n ›Crout‹?«

»So ungefähr!«

»Was machst du ausgerechnet hier?«

»Ich such 'nen Job, hab aber leider keine Green Card!«

»Oh – that's shit, yeah! Aber es gibt da irgendwo so 'ne Job Factory ... die vermitteln Hilfskräfte auch ohne diesen Wisch! Inserieren jeden Tag in der Zeitung. Schau einfach mal morgen rein da!«

Daves Rat folgend stellte ich mich gleich am nächsten Tag im Büro dieser illegalen – äh, privaten – Arbeitsvermittlung vor. Nachdem ich einen Fragebogen zu meiner Person ausgefüllt und abgegeben hatte, kam ein Mitarbeiter auf mich zu, schob einen Katalog über den Tisch und sagte:

»Dies sind die aktuellen Tätigkeiten, die für Sie in Frage kommen. Bitte lesen Sie die einzelnen Beschreibungen und Anforderungsprofile genau durch und kreuzen Sie dann die Jobs an, für die Sie sich geeignet halten und die Sie gerne machen würden!«

Nach einigem Blättern und Studieren legte ich dem Mann meine Auswahl vor. Er sah sie sich an und strich schon mal alles durch, was irgendwie mit Autofahren zu tun hatte.

»Das geht nur mit der Californian Driving-License – und die haben Sie nicht!«, erklärte er kurz und bündig, deutete dann aber auf die nächste Seite:

»Aber das hier ist schon besser: ›Pfennig-Quetscher‹ vor'm Supermarkt! Ist auf Dauer allerdings ziemlich nervig, kann ich Ihnen sagen ... hmm, am besten ist wohl das hier: ›Ballonbläser‹!«

Letzteres war auch in der Tat mein Geheimwunsch gewesen, da ich mir in meiner kühnen Fantasie schon längst ausgemalt hatte, wie ich in schwindelnden Höhen über Hollywood Stöße von Heißluft in die Hülle eines imposanten Ausflugsballons jagen würde. Da ernüchterte es freilich ein bisschen, als mir der gute Mann offenbarte, dass es sich bei den aufzublasenden Objekten lediglich um unbemannte Deko-Ballons für ein Kinder-Straßenfest handeln würde. Dennoch nahm ich den Job an. ›Plan B‹ konnte anlaufen ...

2. DAS HOLLYWOOD-TRAUMA

Die gefüllten Gasflaschen schaukelten im Laderaum nur so hin und her, als wir mit unserem vollbesetzten Ford-Transit die Ausfahrt des Freeway hinabkurvten.

»Ausgerechnet heute muss diese Scheiß-Militärparade zum Sieg über Saddam stattfinden«, klagte Tom, der Chef des jugendlichen Ballon-Teams, »da haben wir auf direktem Weg keine Chance ...«

So rumpelten wir am frühen Sonntagmorgen, zwischen Kartons und Kisten eingezwängt, stundenlang durch allerlei seltsame Gegenden hindurch, bis wir schließlich auf Umwegen am Einsatzort ankamen – einer Tiefgarage mitten in Beverly Hills. Das heißt, hätte man vorher die Augen geschlossen und nicht mitbekommen, dass der Wagen eine Etage nach unten gefahren war, und hätten dort unten nicht schon diverse andere ›Schlitten‹ geparkt, man hätte diesen Prunksaal wohl nie für eine Garage gehalten. Decke, Boden und Wände glänzten in sauberstem Schwarz-Weiß-Marmor, von den Stützsäulen hingen Laternen, wie man sie sonst nur als Bogart-Kulisse kennt, und der Personeneingang war mit einer automatischen Schiebetür von edelstem Glas versehen. Zudem schuf die perfekte Beleuchtung annähernd Tageslicht – ideale Voraussetzung, um ungehindert die Dekoration für das Straßenfest vorzubereiten.

Nachdem Gasflaschen und Kisten aufgestellt waren, begannen wir mit dem Füllen der kleinen, bunten Gummihüllen. Die hohe Kunst des ›Blowing‹ bestand dabei weniger im Aufblasen selbst, als vielmehr darin, den Gasstrom so zu dosieren, dass sämtliche Ballons einer jeweiligen ›Formation‹ am Ende die gleiche Größe hatten. Darüber hinaus sollten sie mit einer einzigen Hand und einem speziellen Knoten zu kunstvollen Gebilden verknüpft werden – ohne Gas entweichen zu lassen, versteht sich. Die drei Profi-Balloner Tom, Chris und Janet legten bei dieser Aktion eine Geschicklichkeit und Schnelligkeit an den Tag, dass einem glatt die Spucke wegblieb. Mir als Greenhorn jedoch bereitete das akkordmäßige Geblase und Geknote extreme Schwierigkeiten, und zu meiner Schande muss ich gestehen, dass mir keine einzige Ballontraube jemals richtig glücken wollte. Entweder glitten mir die flutschigen Dinger von Anfang an vom Gashahn ab oder sie schlüpften mir etwas später anderweitig durch die Finger – nur um pfeifend und pfurzend quer durch den Raum zu schwirren. War es mir dann aber tatsächlich einmal gegönnt, so ein Bündel halbwegs zusammenzuwursteln, glich mit absoluter Sicherheit kein einziger Ballon dem anderen. So kamen wir nach einiger Zeit vergeblicher Mühe überein, dass ich von nun an die Ballons lediglich ›anblasen‹ sollte, um sie anschließend einem der Profis zur ›Fertigstellung‹ weiterzureichen ...

Rechtzeitig vor Beginn der Veranstaltung hatten wir es mit vereinten Kräften dann doch geschafft: Zwischen Chromkarossen und Marmorsäulen schwebte ein gigantischer, fast die gesamte Tiefgarage ausfüllender Ballon-Regenbogen. Nach einem wahren Spießrutenlauf durch die bereits herandrängenden Kids fixierten wir das knallbunte Monstrum so zwischen den beiden ersten Schaubuden, dass es die gesamte Straßenbreite quasi als überdimensionales Eingangstor umwölbte – eine in der Tat beeindruckende Dekoration ...

Als uns beim Flanieren zwischen den Ständen einige ›Promis‹, darunter der amerikanische Schauspieler Elliot Gould, über den Weg liefen, wollten mich meine drei Kompagnons zur Kontaktaufnahme animieren, um mir damit einen Zugang zum ›Showbiz‹ zu verschaffen. Doch war dies nicht meine Art. Unabhängig hiervon quoll mein Magen vor lauter Imbiss mittlerweile fast schon über, sodass ich es vorzog, nun langsam wieder den Heimweg anzutreten. Zu meinem ›Glück‹ bekam Janet, die auch nach Hause wollte, den Ford Transit, denn angesichts der immer noch pulsierenden Golfkriegs-Party ein paar Blocks weiter wäre es nahezu unmöglich gewesen, anderweitig nach Palms zurückzugelangen. Entgangen war mir allerdings, dass Janet während des Festes offensichtlich ein paar Drinks zu viel abbekommen haben musste. Jedenfalls ließen die Schlangenlinien, die sie dann mit dem Wagen hinlegte, keinen anderen Schluss zu.

»So, you are the ›silent type‹ …«, lallte sie plötzlich während der Fahrt zu mir herüber, bog mit fast unverminderter Geschwindigkeit vom Freeway ab und quälte die Kiste reifenquietschend durch die Kurve. Ich antwortete nicht, da ich zu sehr damit beschäftigt war, die wild hin und her purzelnden – immerhin noch halbgefüllten – Gasflaschen so weit zusammenzuhalten, dass sie uns nicht um die Ohren flogen.

»Oh, I'm sorry!«, entschuldigte sie sich gekünstelt damenhaft, ohne jedoch ihren Fahrstil auch nur einen Deut zu ändern. Hätte mir am Zielort nicht noch meine ›Gage‹ gewunken, ich wäre wohl bei der nächstbesten Gelegenheit abgesprungen. Umso dankbarer war ich dann dem lieben Gott, als er uns unversehrt wieder in Palms ankommen und unser sauer verdientes Geld endlich in Empfang nehmen ließ. Wie stolz war ich damals, meine erste selbsterschuftete 50-Dollar-Note in Händen halten zu dürfen! Dass sich freilich damit bisher nur die Aufnahmegebühr für die Job-Factory amortisiert hatte, konnte mein Hochgefühl nicht im Geringsten betrüben …

Der nächste Job folgte auf dem Fuß. Die ›Fabrik‹ schickte mich als ›envelope-stamper‹ zu einem Hochhaus, wo im obersten Stockwerk irgendeine Firma Tausende von Briefsendungen zu verschicken hatte. So grauenvoll die Ballon-Geschichte gewesen war, so angenehm und spaßig entpuppte sich die Stamper-Sache. Wir, ein bunt zusammengewürfelter Haufen verkappter Künstler, Studenten und Abenteurer, saßen wie an einer Tafelrunde zusammen und taten den ganzen lieben Tag nichts anderes als Briefbögen zu falten, in Kuverts zu stecken und Briefmarken draufzukleben. Da es überraschenderweise keinerlei Termindruck gab, konnten wir uns nebenbei gemütlich unterhalten und spannende ›Quizfragen‹ stellen. Am Ende eines solchen Acht-Stunden-Kaffeekränzchens gingen wir erholt und amüsiert mit 50 ›Bucks‹ mehr in der Tasche nach Hause und freuten uns schon auf den nächsten Tag. Doch leider hatte sich die Aktion der Firma schon nach knapp einer Woche erledigt, und so mussten wir uns nach neuen ›Eintagsfliegen‹ umsehen …

Da die Fabrik außer weiteren Ballon-Kommandos nichts Passendes für mich an Land ziehen konnte, bemühte ich mich auf eigene Faust um einen Job. So bewarb ich mich beispielsweise auf ein Zeitungsinserat hin als ›Pedicab-driver‹, also als ›Fahrradkutschenfahrer‹. Nachdem ich die enorm schwierige Aufnahmeprüfung – Fahren eines Kreises und einer Acht – meisterhaft bestanden hatte, steckte mich die Frau des Chefs in Hemd, Frack und Zylinder und übergab mich ihrem Mann zu einer Testfahrt.

»Als Erstes fährst du durch den Park da, und ich folge dir mit dem Fahrrad, um zu sehen, ob du das Geschäft hinkriegst«, sagte dieser im weißen Unterhemd. Als ich mit dem vierrädrigen Vehikel die Auffahrt zu besagter Grünanlage hochwackelte, sprang gleich mal die Kette vom Zahnkranz.

»Hold on, I'll fix it!«, beschwichtigte der Chef und setzte mit seinen eigens mitgeführten Gummihandschuhen die Kette wieder ein.

Kaum im Park strömte natürlich prompt eine Horde Kinder auf Fahrrädern herbei, um das ›Cabby‹ – und insbesondere den schwarz-weißen Clown darauf – neugierig zu beäugen und anschließend – in voller Fahrt – zu ›entern‹. Die Bälger ließen sich dann auf dem wundersamen Gefährt eine ganze Weile von mir durch die Landschaft chauffieren, ehe sie wieder absprangen und das Weite suchten.

»Gar nicht schlecht für den Anfang«, lobte mich der Mann im Unterhemd am Ende des Parks, »noch besser wäre es allerdings, wenn du dafür auch ein bisschen Kohle verlangen würdest!« Ich tat so, als ob ich die monetäre Seite der ganzen Unternehmung ›im Eifer des Gefechts‹ übersehen hätte, in Wahrheit aber schämte ich mich, den kleinen Stöpseln für etwas Spaß eine ganze Dollar-Note aus der Tasche zu ziehen.

»Und wenn die Kids ›blank‹ sind, dann muss man sich eben die Eltern vorknöpfen – die sind ja meistens irgendwo in der Nähe!«, belehrte mich der Chef mit scharfsinniger Miene, worauf er sich wieder auf sein Rad schwang und ein paar Erwachsene zur Kasse bat. Beim Abfahren vom Park sprang dann die Kette erneut vom Kranz, und der Chef musste sich ein weiteres Mal seine ›Pink-Panter‹-Handschuhe überstülpen ...

Danach stürzten wir uns mitten ins Getümmel von Hollywoods Rushhour. Auf Grund der kleinen Radübersetzung und des abstrusen Wendekreises meiner komischen Kutsche war schon eine nicht zu unterschätzende Kunstfertigkeit vonnöten, um das Ding halbwegs sicher und einigermaßen zügig durch den Verkehr zu mogeln. Zu allem Überfluss durfte das sensible Gestell auch nicht die geringste Erschütterung erfahren, denn sonst wäre ja wieder die – naja, Sie wissen schon ...

Kurz und gut: Die ganze Sache war nicht gerade ein Vergnügen, und als dann plötzlich der Chef wie eine Fata Morgana mitsamt seinem Fahrrad hinter den Blocks verschwunden war und mir zu gleicher Zeit abermals diese verdammte Kette auf den Boden rasselte, hatte ich die Schnauze gestrichen voll von diesem Job. Ich stieg ab, ließ das überdachte Alugestänge einfach auf der Fahrbahn stehen und setzte mich streikend auf den Randstein – bis der Chef ebenso unvermittelt wieder auftauchte und die labile Kiste eigenhändig zurückfuhr ...

Nach diesem erneuten Missgriff beschloss ich, es einfach mal ›direkt‹ zu versuchen und stellte mich bei unserem Supermarkt nebenan als Pakker vor – ein Job, der hauptsächlich von dunkelhäutigen Einwanderern ausgeübt wird. Doch auch hier wurde ich vom Staff-Manager auf das eiserne amerikanische Gesetz hingewiesen: Ohne Green Card kein ...

Das Gleiche galt auch für Housekeeper und Filmkomparsen. Und selbst mein Vermieter Victor kriegte schon Muffensausen, als er mich für ein paar Dollar ab und zu mal die Rückstände seiner Schreinerarbeiten wegkehren, einen Zaun nageln oder seine drei kleinen Gören beaufsichtigen ließ. Ich musste mir also irgendetwas einfallen lassen, um an diesen grünen Wisch zu kommen ...

»Was du brauchst, ist ein Arbeitgeber, der gerade dich – z.B. wegen irgendwelcher Spezialkenntnisse – für sein Geschäft haben will!«, erklärte Dave. »Und der beantragt dann bei der Einwanderungsbehörde deine Arbeitsgenehmigung ...«

»Tja, aber wer macht das schon?! Ich hab nun mal keine Spezialkenntnisse ...«, entgegnete ich.

»Hmm ... ich kenne da einen Anwalt, der dir vielleicht weiterhelfen könnte ...«

Tags darauf fand ich mich in der mahagoni-getäfelten 16. Etage eines schwarz glänzenden Sky-Scrapers wieder.

»Die Vereinigten Staaten von Amerika werden in diesem Jahr mit der Verlosung von Green Cards beginnen, und ich würde Ihnen empfehlen, sich hieran zu beteiligen!«, meinte der dunkelhaarige Mann im Nadelstreifenanzug hinter seinen elfenbeinernen Schreibtischtrophäen. »Was ich dabei für Sie tun kann? Nun – der Witz daran ist, dass man erhebliche Vorteile genießt, wenn die Bewerbung in der richtigen Form zur richtigen Zeit bei der richtigen Adresse eingeht! Dabei würde ich Ihnen behilflich sein – ohne Erfolgsgarantie natürlich!«

»Natürlich ...«

»Für ganze 2000 Dollar ...«

»!!!!!?«

»Was sagten Sie?«

»Ich meinte, darüber muss ich erst nochmal nachdenken!«

Natürlich gab es hierüber nichts weiter nachzudenken. Das Losverfahren sollte zwar später tatsächlich eingeführt werden, doch ein Los blieb letztlich immer noch ein Los – egal, ob die Bewerbung nun für 2 oder 2000 Dollar inszeniert wurde. Ich spürte es in sämtlichen Fasern: Die Zeit war reif für ›Plan C‹ ...

Als Erstes ließ ich mir für ein paar Bucks von einem kleinen Druck- und Papier-Laden um die Ecke einen ›richtigen‹ Schauspieler-Bewerbungsbogen zusammenzimmern. Dann klebte ich auf die Kopien ein Konterfei von mir und schickte die selbst gebastelten ›Set-Cards‹ an diverse Film- und Fernsehproduktionen sowie an einige der 250 Agenturen, die es laut Agency Guide allein im Raum Südkalifornien gab.

Während ich auf Antworten hoffte, durchforstete ich aktuelle Casting-Angebote der einschlägigen Film- und Fernsehzeitschriften. Einmal erlangte ich auf diese Weise einen Vorstellungstermin bei einem so genannten Agenten. Nachdem ich diesem – auf Wunsch – eine kleine Textpassage aus einem amerikanischen Drehbuch vorgetragen hatte, versicherte mir der Mann mit der orange-grün-getönten Hornbrille, dass dies so klang, »als ob Sie niemals zuvor Deutsch gesprochen hätten«. Als der Krauskopf dann aber für ein weiteres Tätigwerden 500 Dollar im Voraus kassieren wollte, sagte ich Goodbye und verließ das Anwesen ...

Eines Tages glaubte ich, meine Chance erblickt zu haben, als ich von einer Produktion las, die einen deutschsprachigen Schauspieler für die Rolle eines ostdeutschen Astronauten (?!) suchte. Sofort fertigte ich ein weiteres ›Personal File‹ und schickte es an die bewusste Produktion. Doch auch hierauf erhielt ich – wie auf alle anderen Bewerbungen – nie eine Antwort.

»Probier's doch mal direkt bei MGM da vorne!«, riet mir Dr. Vic und ließ sich mit einem Speckbrot in der einen und einer Pulle Apfelsaft in der anderen Hand in seinen Schaukelstuhl plumpsen – wie er es immer tat, wenn er Feierabend hatte. Der Apfelsaft fungierte dabei als ›Placebo‹ für den Alkohol, dem er – zusammen mit Dave – schon seit geraumer Zeit abgeschworen hatte. Im Gegensatz zu dem Texaner basierte Vics ehemalige Sucht jedoch nicht auf einem Vietnam-Trauma, sondern auf dem Tod eines anderen Menschen, den Victor zwar nicht direkt verschuldet, wohl aber mitverursacht hatte.

»Wir hatten 'ne Schlägerei«, erinnerte sich der Hüne, »und der andere bekam einen Erstickungsanfall, weil er eine Vorschädigung am Herzen hatte ... tja, und das war's dann ... Ich wollte das nicht, bei Gott!«

»Ich glaub's dir, Vic ...«

Er kaute eine Weile an seinem Speckbrot, riss dann plötzlich seinen Kopf in meine Richtung, sodass ihm seine blonde Tolle wieder mal halb ins Gesicht stürzte, und fragte:

»Gehst du nun zu MGM?«

Geheimnisvoll wie die ›Pyramide des Sonnengottes‹ thronte der gewaltige, in groben Schnitten abgestufte, rötlich-braune Betonblock mit seinen schwärzlich reflektierenden Glasflächen zwischen den benachbarten Wohn- und Geschäftshäusern. MGM! Wie oft hatte man im

Vorspann von täglich über die Mattscheibe flimmernden, weltweit bekannten Hollywood-Spielfilmen diese Initialen mit dem brüllenden Löwenkopf darüber schon gesehen! Jetzt stand ich direkt vor ihr, vor der Metro-Goldwyn-Meyr- Filmproduktion, und musste mir schon ein Herz fassen, um die Schwelle zum ›Orcus‹ zu überwinden ...

Umso überraschter war ich, als ich im Innern der Höhle des Löwen zunächst nichts weiter vorfand außer – einem farbigen Pförtner. Keine herumtippelnden Starlets, keine wichtigtuerischen Produktions- oder Aufnahmeleiter, keine gestressten Spielbergs, keine hysterische Julia Roberts und kein wäßrig blickender Captain Kirk – ja, noch nicht einmal Möbel, Treppen oder Pflanzen gab es in dieser gähnenden Leere.

»Sir?«, hörte ich die Stimme des Pförtners plötzlich neben mir. Ich musste wohl für etwas längere Zeit wie ein lebendiges Fragezeichen im Raum gestanden haben – unbewusst fasziniert von dem mich umgebenden Nichts.

»Ähm, ich ... also ich ... ich wollte mich vorstellen ... nun ja, das Casting – Sie wissen schon ...« Schweiß drang aus meinen Poren.

»Please go this way, Sir!«, wies mich der Uniformierte knapp aber höflich in eine Ecke der Halle. Erst als ich dort einen Aufzug erblickte, wurde ich gewahr, dass die Büroräume originellerweise an den Innenwänden des Gebäudes ›hafteten‹ – wodurch sie im ersten Moment nicht zu sehen waren ...

Im fünften Stock angekommen leitete mich eine Sekretärin mit einem netten »Don't be shy!« zur Casting-Abteilung weiter. Dort holte ich meine Videokassette mit einer in Deutschland aufgenommenen Spielsequenz aus der Plastiktüte und reichte sie dem zuständigen Mitarbeiter. Dieser nahm sie entgegen, stellte ein paar Fragen zu meiner Person und bedankte sich. Das war's. ›Cool‹ und ›proven‹ verließ ich wieder das Anwesen ...

»Und – wie war's?«, fragte mich Victor mit großen Augen, als ich kaum den Fußabstreifer betreten hatte.

»Naja, ging so ... ziemlich geschäftlich, das Ganze«, antwortete ich und warf mich müde aufs Sofa.

»Hmm – vielleicht solltest du doch lieber 'ne Nummer kleiner anfangen ...«
sagte Vic nachdenklich und fuhr sich mit der Hand durch seinen Haar-
schopf. »Warum machst du nicht mal einen Workshop mit oder so
etwas?«

Nichts sollte unversucht bleiben, und so fand ich mich schon wenige
Tage später erneut in den Straßen von Hollywood wieder – diesmal im
Vorsprechraum des ›Theatre Institute‹.

»Well«, sagte die Leiterin des Hauses nach einem intensiven ›psycholo-
gischen‹ Vorgespräch, »ich denke, du bist reif für diesen Beruf! Eine
letzte Frage noch: Wer ist dein Lieblingsschauspieler?«

Eigentlich war dies – zumindest zu meiner ›Jugendzeit‹ – immer Roger
Moore gewesen, aber irgendwie hatte ich das irrationale Gefühl, hier
nicht gerade einen Engländer nennen zu dürfen, und so fiel mir in meiner Verlegenheit kein dümmerer ein als der Mann, der rot sah: »Charles
Bronson!«

Daraufhin blätterte der Dame fast das Face-lifting ab, und halb ver-
wundert, halb entsetzt flehte sie: »Einen Schauspieler, einen Schauspieler bitte!«

»Steve Mc Queen!«, kam es da rettend und wie aus der Pistole geschos-
sen aus meinem Munde, denn bei ihm war ich sicher, dass er – als ehe-
maliger Schüler des weltberühmten Actor's Studio in New York – dem
Anspruch ›Künstler‹ gerecht werden würde. Und siehe da – es wirkte:
Die Augen der Dame fingen wieder zu leuchten an und sie erklärte sich
bereit, mich aufzunehmen.

»Kostet nur 2000 Dollar im Vierteljahr«, fügte sie lapidar hinzu.

Da dies genau die Summe war, die mir für mein Amerika-Abenteuer
insgesamt noch zur Verfügung stand, erübrigte sich wieder mal alles
Weitere ...

»Kopf hoch!«, wollte mich Victor aufmuntern, »es ist noch kein Meister vom Himmel gefallen! Am Besten, du lässt das Ganze mal für eine
Weile sein ... entspann dich und komm morgen zum Angeln mit, okay?!«

Am nächsten Morgen kauerte ich denn in aller Herrgottsfrühe und bei

Tempo 100 im Laderaum von Victors Dodge, krampfhaft irgendwelche plätschernden Fischeimer umklammernd.

»Pass auf, dass sie nicht umkippen! Lebendige Köder sind einfach die besten!«, mahnte Vic und bretterte über den Asphalt, als wolle er der Erste in Malibu sein.

»Die Fischchen müssen außerdem immer die richtige Sauerstoffmenge kriegen, sonst gehen sie drauf, hörst du?!«

»Ja, ja ...«, stöhnte ich und ließ die kleinen surrenden Sauerstoffmotoren in den Kübeln keine Sekunde aus den Augen.

Nach zweistündiger Autofahrt erreichten wir endlich unseren ›Spezialsteg‹, eine etwa 150 Meter weit ins Meer hinausragende Mole. Victor genoss sichtlich die halb ehrfurchtsvollen, halb fragenden Blicke seiner Kollegen, die sich förmlich die Köpfe nach unseren surrenden und plätschernden Eimern verrenkten, und er spielte sein ganzes amerikanisches Showtalent aus, als er mit fachmännischer Miene den besten Standort auskundschaftete und mit gekonnten Handgriffen seine drei Angeln mit dem Lebend-Köder präparierte.

Die Angelei selbst entwickelte sich noch schlimmer, als ich es mir schon seit jeher vorgestellt hatte: Unendliches, nervenzermürbendes Ausharren an ein und derselben Stelle, geschäftiges Rumhantieren mit den Geräten und ständige Fachsimpelei mit anderen ›Experten‹ – ohne auch nur einen einzigen Fisch zu fangen, logisch. Als auch nach zwei oder drei Stunden immer noch nichts angebissen hatte, ließ ich den großen Meister bis auf weiteres allein und machte einen Strandspaziergang.

Ich war schon einige Zeit unterwegs gewesen und hatte gedankenvoll meinen Kopf nach unten gesenkt, als ich plötzlich aufschrak. Direkt vor mir lag mitten im sonst gesteinslosen, hellen Sand grau-schwarz ein Felsbrocken, den ich zunächst nicht bemerkt hatte und an dem ich beinahe ›aufgelaufen‹ wäre. Doch war es nicht dieser ungewöhnliche Monolith gewesen, der mich abrupt aus meiner Träumerei gerissen hatte, sondern vielmehr das kleine schwabbelnde Wesen, das da auf ihm saß und mir genau in die Augen blickte! Instinktiv drehte ich mich sofort nach allen Seiten, um zu prüfen, ob sich da jemand einen Scherz mit mir erlaubte, doch weit und breit war niemand zu sehen. Nachdem wir uns wie zwei Fremde eine Weile gegenseitig gemustert hatten, wagte ich den ersten Schritt. Langsam und vorsichtig näherte ich mich der stromlinienförmigen Kreatur auf dem Felsen. Daraufhin watschelte das Tier nervös auf der Stelle hin und her und guckte mich – ohne einen Laut von sich zu geben – mit seinen geröteten, schleimgefüllten Kulleraugen an, als ob es sich nicht recht traute, um Hilfe zu bitten. Zweifellos war der triefende Kollege gerade frisch aus dem Wasser geklommen und musste Schreckliches mitgemacht haben, so erschöpft und krank, wie er aussah. Aber was konnte ich tun? Hmm – mal überlegen …

»Für was …?«, brummte Victor argwöhnisch, als ich Minuten später abgehetzt wieder auf der Mole stand und ihn um eine Hand voll Lebend-Köder bat.

»Für einen kleinen Seehund!«, hechelte ich, griff schnell in einen unserer ›motorisierten‹ Eimer und schnappte mir ein paar von den Fischchen.

»Was ist mit dem Kerl?«

»Er hat entzündete Augen und ist ziemlich schlapp«, sagte ich im Weggehen.

»Vielleicht ist er ja krank!?«, rief mir der Angel-Freak hinterher, um vielleicht doch noch den Köder einsparen zu können.

»Ja! Wie du!«

»Ich weiß!«

Wieder beim Felsen angekommen kniete ich mich in den Sand und hielt meinem kleinen, kranken Freund eines der Köderfischchen unter die Nase. Doch auch nach mehreren Versuchen rührte er kein einziges Fischlein an, sondern blickte nur apathisch und mit leicht pendelndem Kopf vor sich hin. Da wurde mir klar, wie ernst es um ihn stehen musste. Ich ließ den Köder in den Sand gleiten, erhob mich und kehrte zum Steg zurück.

Wenig später brachen wir den Angelausflug ab, schleuderten den übrig gebliebenen Köder ins Meer und fuhren wieder nach Hause. Victor hatte nichts gefangen. Und ich hatte das Gefühl, etwas verloren zu haben …

3. Pier 57

Ich war mit meinem Latein am Ende. Keinerlei Reaktionen auf meine Bewerbungen, kein vernünftiger Dauerjob in Sicht und keine realistische Chance, jemals die Green Card zu erhaschen – ein nicht gerade berauschendes ›Ergebnis‹ nach einem Monat L.A. Mein großer USA-Coup schien sich langsam aber sicher seinem kläglichen Ende zu nähern, als plötzlich der Tag kam, der mein Leben verändern sollte – freilich ganz anders als gedacht ...

Ich las gerade in meinem Zimmer einen Zeitungsbericht über den verheerenden Vulkanausbruch des Mount Pinatubo, als geschäftiges Rumoren aus Victors angrenzender Garage an mein Ohr drang. Ich legte das Blatt aus der Hand und ging nach draußen, um nachzusehen. Da kam Dr. Vic mit einem Haufen alter Klamotten und irgendwelchen ausrangierten Haushaltsgegenständen unter den Armen aus den Schluchten und Fluchten seiner Garage entstiegen, ging tonlos – wie das seine Art war – an mir vorbei und stopfte das ganze Zeug in den Laderaum seines Dodge.

»Was machst du denn da?«, fragte ich ihn neugierig von der Seite.

»Ich packe die Sachen da rein!«, antwortete er bewusst knapp und aussagelos, um damit sein Gegenüber noch neugieriger zu machen.

»Das sehe ich! Aber wohin bringst du denn den ganzen Krempel?«

»Zum Hafen!«

»Zum Hafen?«

»Ja, zum Hafen!«

»Zu welchem Hafen?«

»Zum Hafen in San Pedro!«

»Wieso denn das?«

»Das erzähl ich dir, wenn du einsteigst und mitfährst ...«

»Du meine Güte ...«

Minuten später fand ich mich auf dem Beifahrersitz des Dodge wieder, nicht ahnend, auf welch fantastisches Abenteuer ich zusteuern sollte.

»Weißt du«, begann Victor endlich, »es gibt da so ein Schiff von einer christlichen Gemeinde ... die transportieren Hilfsgüter in die ›Dritte Welt‹. Die Güter sind fast ausschließlich Spenden von US-Bürgern, und, so weit ich weiß, wird auch das gesamte Schiff und seine Crew hauptsächlich über Spenden finanziert ...«

»Und das da hinten im Wagen ist deine Spende?«

»Genau! Ich mache das etwa zwei- bis dreimal im Jahr ...«

»Woher kennst du die Leute?«

»Von meiner Gemeinde in Palms. Die haben mich mal gebeten, bei der Renovierung ihres ›Kutters‹ mitzuhelfen. Das Ding ist nämlich 'n ziemlich alter Pott – noch aus dem Zweiten Weltkrieg oder so ...«

»Und wo fahren die hin?«

»Weiß nicht, wo's diesmal hingeht ... meistens pendeln sie an der nord- und mittelamerikanischen Westküste hin und her ...«

Nach einer etwa anderthalbstündigen Fahrt durch die weniger attraktive Seite von Los Angeles kamen wir schließlich in dem mehr berüchtigten als berühmten Hafenstädtchen San Pedro an – ein schmuckloser Ort, geradlinig einfallslos konstruiert, mit nüchternen Zweckbauten und jeder Menge Kneipen und Seemannsherbergen. Die Schiffe, die hier an den Kais lagen, waren die üblichen Fracht- und Containermonster aus aller Herren Länder, wie sie auch sonstwo anzutreffen sind. Diesbezüglich unterschied sich San Pedro in nichts von anderen großen Häfen – wäre da eben nicht jener einsame, weit abgelegene Pier 57 nahe der Meeresmündung gewesen. Auf dem Weg dorthin passierten wir links und rechts Lagerhäuser, Kräne und Güterwagons, an denen nur vereinzelt Menschen arbeiteten. Die Hafenanlagen hier glichen eher einer Geisterstadt, und man wartete förmlich darauf, bis der erste Strohballen vom pfeifenden Wind über das Pflaster gefegt wurde. Nachdem wir aber all dies hinter uns gelassen hatten und weiter dem salzigen Geruch des Meeres folgten, kam immer deutlicher das dickbauchige, blauweiße Ding zum Vorschein, das da am äußersten Ende des Kais im Wasser lag. Jetzt erkannte man auch eine Reihe von Menschen, die wie Ameisen vor dem Ding umherliefen, um es offenbar mit irgendetwas zu

›füttern‹. Auch auf dem Ding selbst standen Leute und rackerten. Kräne wurden umhergeschwenkt, Kisten geschleppt, Treppen hinauf- und hinuntergetrappelt, Kommandos gebrüllt. Als wir das hohe, königsblaue, fast sinnlich gewölbte Heck des Schiffs mit dem weißstrahlenden Schriftzug ›SPIRIT‹ darauf passierten, kam es mir bei weitem nicht mehr so klein vor wie noch einige Minuten zuvor aus der Entfernung. Die lange, glatte Wand, die da neben uns ›vorbeizog‹ und das Auto weit überragte, wollte einfach kein Ende nehmen. Fasziniert und ehrfurchtsvoll blickte ich durch das Beifahrerfenster an ihr hoch und konnte mich des spontanen Gefühls von Sehnsucht und Abenteuerlust nicht erwehren. Es war, als hätte mein Herz wieder angefangen zu schlagen …

Vic stellte den Wagen an der Kaimauer ab, und sofort waren wir umringt von einer Schar dunkelhäutiger junger Männer, die uns wie alte Bekannte herzlich begrüßten. Die meisten von ihnen waren körperlich eher klein und entstammten wohl – nach ihrem pechschwarzen Haar, kaffeebraunen Teint und indianischen Gesichtsschnitt zu urteilen – dem Kulturkreis der Mayas, Inkas oder Azteken. Einer von ihnen – er wurde mit Franco angeredet – gab den anderen die Anweisung, uns beim Entladen des Dodge zu helfen, während er selbst die Gangway hinaufeilte, um Victors Ankunft zu melden. Kurz darauf erschien ein mittelgroßer, weiß-blond-gelockter, etwa 40 Jahre alter Mann in ausgewaschenen Jeans, verbrauchten Turnschuhen und einem schmutzigen, karierten Flanellhemd an Deck, um uns zu einer Besichtigungstour auf das Schiff einzuladen.

»Das ist Don, der Erste Offizier!«, murmelte mir Victor ins Ohr, als wir den wankenden Holzsteg hinaufschritten und die schon leicht angerosteten Stahlplanken des alten Massengutfrachters betraten.

»Jetzt geht's in die Eingeweide!«, kündigte der Erste Offizier an und führte uns durch ein Wirrwarr von Gängen, Schotts und Gitterstufen zum Herz des Schiffes hinab, dem Maschinenraum. Inmitten eines pulsierenden Hexensabbats von Kesseln, Kolben, Rohren, Ventilen und Armaturen stand dort ein einziges Männlein mit angerußtem Gesicht, verwuscheltem Kopfhaar, starkglasiger Hornbrille auf der Nase und dicken ›Micky Mäusen‹ um die Ohren und werkelte fieberhaft an irgendwelchen Instrumentarien herum.

»Das ist Mike, unser Chefmaschinist!«, brüllte Don gegen den Lärm und versuchte sogleich, dem Kollegen einige technische Erläuterungen zu entlocken – was jedoch an dessen eigenwilliger Persönlichkeitsstruktur hoffnungslos scheiterte. So brummte der gelernte Schlosser nur unverständliches Zeug vor sich hin und sah offenbar nicht die geringste Veranlassung, seinen riesenhaften Gehörschutz zur besseren Kommunikation auch nur für einen Augenblick abzunehmen. Als aber Don daraufhin seine eigenen Beschreibungen von bestimmten Funktionsabläufen zum Besten geben wollte, schaltete sich Mike nun doch unvermittelt ein und laberte in seiner verwaschenen Sprache von irgendwelchen Details, die außer ihm selbst sowieso niemand verstand. Ebenso plötzlich klinkte er sich dann allerdings wieder aus, als ein Ventil zu pfeifen begann.

»Wir sind sehr froh, dass wir ihn haben«, meinte Don mit einem Anflug britisch-gelassener Gequältheit und beendete die Visite fürs Erste.

Auf dem Rückweg nach oben kam uns aus einem dunklen, mysteriösen Schacht noch ein weiteres menschenähnliches Wesen mit ölverschmiertem Gesicht, leuchtenden Augen und einer gelben Kopfbedeckung entgegengekrochen. Der Mann stellte sich als Bordingenieur Phil vor, vermied es aber rücksichtsvoll, uns die Hand zu reichen.

»Diesen Dreck kriegt ihr nämlich nur mit Benzin und Kernseife wieder von der Haut, und ihr wollt doch sicher nicht den ganzen Tag so rumlaufen wie ich«, witzelte der vollbärtige Mittdreißiger, dessen ›Hauptcharakteristikum‹ neben seinen messianischen Augen der gelbe Bauarbeiterhelm war, den er niemals – nicht mal zu den Mahlzeiten – absetzen sollte.

Von der obersten Etage des Maschinenraums gelangten wir über einen verwinkelten Verbindungsgang zu ›hole 1‹, dem ersten der drei Fracht-räume unmittelbar vor dem Deckshaus der Spirit . Hier wurde gerade geladen, und der teilweise mangelhafte bauliche Zustand des Schiffes erforderte von den ›Deckhands‹ – den Deckarbeitern – höchste Konzentration. Insbesondere im untersten Geschoss des dreistöckigen holes gestaltete sich die Arbeit der Hobby-Seeleute auf Grund der räumlichen Tiefe und der schlechten Beleuchtung nicht gerade einfach und ungefährlich. So baumelten die teilweise tonnenschwer mit allerlei lokkerem Gut beladenen, lediglich auf zwei Eisenbügeln aufsitzenden und an zwei Stahlseilen hängenden Holzpaletten für einige Momente bedrohlich über den Köpfen der Arbeiter, bevor sie vom Kranführer an Deck so weit herabgelassen waren, dass sie entgegengenommen und mittels Hubwagen an die für sie vorgesehenen Stauplätze im Rumpf des Schiffes bugsiert werden konnten. ›Container‹ war zur Zeit der Entwicklung und Fertigstellung dieses Schiffes eben noch ein Fremdwort gewesen ...

Nach einer kurzen Führung durch die ersten beiden holes, die ausschließlich mit Nahrungsmitteln wie Weizen, Reis, Mehl und Nudeln gefüllt wurden, geleitete uns Don hinüber in das hole 3. Hier bestimmten Gebrauchsgegenstände aller Art, von Motorteilen bis hin zu Zahnarzt-stühlen, das Bild der Fracht. Gerade wurde vom Kai aus eine weitere Palette herübergeschwenkt, als von dort oben etwas herabflatterte, das wie eine kleine Broschüre aussah. Ich hob das Heftchen auf und war sehr erstaunt, auf der Titelseite nur kyrillische Buchstaben zu sehen.

»Das ist das neue Testament auf Russisch!«, erklärte der Erste Offizier. »Unser nächster Hilfstransport in vier Wochen geht nämlich über den großen Teich in die Sowjet-Union! Da haben wir natürlich auch für geistige Nahrung vorgesorgt ...«

Beim Rundgang durch die Messe, die Mannschaftskabinen und die Kommandobrücke kamen wir am ›Briefing-Room‹, dem Besprechungszimmer, vorbei. Dort war gerade die Einweisung neuer Besatzungsmitglieder zu Ende gegangen, und ein Pulk gut gelaunter, dunkelhäutiger Gesellen strömte in Begleitung eines etwa 40-jährigen, hoch gewachsenen ›Weißen‹ in den Gang.

»Darf ich euch vorstellen – Douglas, unser Bordpastor!«, sagte Don in Richtung des ›Bleichgesichts‹.

»Nice to meet you!«, grüßte uns der braunhaarige Mann mit den blauen Augen und der Filmstar-Aura. Vollständig vergessend, aus welchem Grunde ich eigentlich in die USA gereist war, fragte ich den Pastor nach den Bedingungen für eine Aufnahme in die Spirit -Crew. Seine daraufhin gestellte Gegenfrage, ob ich denn schon in einer christlichen Gemeinde ›gedient‹ hätte, beinhaltete bereits die erste Bedingung. Trotzdem ich dies kleinlaut verneinen musste, lud mich der ungewöhnliche Pfarrer spontan zum Sonntagsgottesdienst am Pier sowie wochentags zum Beladen des Schiffes ein. Jeder Mann würde da gebraucht, nur zum Mitfahren sei es wohl noch ein bisschen früh.

»Du musst nämlich wissen, dass dies unsere erste große Überseefahrt werden wird«, erklärte Douglas, »und da können wir natürlich nur Leute mitnehmen, die sich schon seit längerem in unserer Gemeinde bewährt haben. Unabhängig davon haben wir bereits jetzt ein Überangebot an Bewerbern ... Ich kann dir aber selbstverständlich mal einen unserer Bewerbungsbögen mitgeben – für etwaige spätere Fahrten ...« Mit diesen Worten reichte er mir eines der Formblätter, die von der Besprechung noch auslagen und fügte hinzu:

»Es gibt da jemanden an Bord, der perfekt Deutsch spricht. Sein Name ist Peter. Er selbst ist zwar gebürtiger Amerikaner, aber seine Eltern kommen aus Hamburg oder so. Vielleicht möchtest du dich mit ihm ja mal über das Schiff und unsere Gemeinde unterhalten ...«
Ich bejahte dies, und während Victor noch einige unfertige Kabinenausstattungen an Bord inspizierte, ging ich mit Douglas zusammen wieder rüber auf den Kai, wo der Gesuchte gerade mit einem Lastwagen herangefahren kam. Der mittelgroße, energisch wirkende, etwa 30-jährige Mann mit kurzen, weizenblonden Haaren und ernst blickenden Augen hinter der metallumrahmten Brille sprang sofort freudig überrascht aus dem Fahrzeug, als ich ihn durch das offene Fenster auf Deutsch ansprach. Schnell kamen wir ins Gespräch, ich erzählte ihm meine ›Story‹, und er mir die seine. Seit sechs Jahren arbeite und lebe er zusammen mit seiner Freundin Jan auf diesem Schiff und kenne jeden Winkel und jede Macke des alten Potts. »Wenn du unbedingt mit uns mitfahren willst«, sagte er, »dann kann

ich dir nur folgenden Tipp geben: Show up every day! Sei jeden Tag da und hilf uns, und ich sage dir: du hast noch eine Chance ...«

Als ich wieder mit Victor im Auto saß und wir nach L.A. zurückfuhren, ging es in meinem Kopf drunter und drüber. Der uralte Kindheitstraum von einer abenteuerlichen Reise über die sieben Meere konkurrierte aufs Heftigste mit den Realitäten und Zielen der ›Erwachsenenwelt‹. Einerseits hatte dieses Schiff es mir schwer angetan, und solch eine Gelegenheit bot sich mit Sicherheit kein zweites Mal im Leben, andererseits drängten sich natürlich gewisse Fragen auf:

Wofür war ich nach Amerika gegangen?

Was sollte aus der Schauspielerei werden?

Würde ich nicht eine exzellente Karriere-Chance in diesem Land verspielen, während ich auf einem rostigen Frachter meine Zeit verplemperte?

Wären in diesem Fall nicht sämtliche Bemühungen und ›Lernphasen‹ in meinem Heimatland umsonst gewesen?

Was für eine berufliche Zukunft konnte mir schon dieser alte Knurrhahn bieten?

Und waren nicht all diese Gedanken ohnehin für die Katz, da eine reelle Aussicht, dort mitfahren zu dürfen, sowieso nicht bestand?

Zurück in Palms verkroch ich mich in mein ›Kinderzimmer‹, um das Pro und Contra dieses Unternehmens zu wälzen. Doch im Prinzip gab es nichts zu wälzen, denn es war – auch wenn es ›doof‹ klingen mag – einfach ›Liebe auf den ersten Blick‹ gewesen. Hastig, als ob es jetzt auf Minuten ankäme, füllte ich den Bewerbungsbogen aus, steckte ihn in ein Kuvert und ging damit zum nächsten Briefkasten ...

Die folgenden Tage entarteten zur seelischen Qual. Während ich verzweifelt auf eine Antwort aus San Pedro hoffte, sank mein Interesse an Hollywood mit der gleichen Rasanz und Vehemenz, mit der meine Sehnsucht nach jenem eigentümlichen Schiff wuchs. Mein Verlangen, auf diesem lebendigen Anachronismus hinaus in die weite Welt zu fahren und Gutes zu tun, steigerte sich schon fast zur Besessenheit ...

Als ich nach etwa einer Woche noch immer keine Antwort von der Spirit erhalten hatte, fing ich an zu beten, ja – zu beten, meine Damen und Herren. Peters Satz ›Show up every day!‹, schwirrte mir dabei immer wieder durch den Kopf. Und genau das war's. Ich durfte nicht länger auf mein Schicksal warten, sondern musste die Sache selbst in die Hand nehmen! Schließlich war ich ja in Amerika und alles war ›possible‹ ...

Am nächsten Tag – zwei Wochen vor Auslaufen der Spirit – fand ich mich denn gegen sechs Uhr morgens in Jeans, T-shirt und Turnschuhen auf der Hinterbank eines städtischen Busses wieder. Fast zweieinhalb Stunden dauerte es, bis ich endlich in San Pedro angekommen war, und erst zu Fuß wurde mir nun bewusst, welch gigantische Ausmaße die Hafenanlagen dieses schmuddeligen Städtchens hatten! Ganz anders als damals mit Victors Wagen schien jetzt eine halbe Ewigkeit zu vergehen, bis ich endlich den Pier 57 erreicht hatte und meinen blauweißen Traum – Gott sei Dank! – immer noch unverändert im trüben Wasser dümpeln sah. Da sich bereits am Lagerhaus – also noch einige Hundert Meter vor der Anlegestelle der Spirit – viele emsige Leute tummelten, und es augenscheinlich nicht den besten Eindruck gemacht hätte, diese einfach ›links liegen zu lassen‹ und direkt zum Kai durchzumarschieren, meldete ich mich erstmal dort als Hilfskraft. Man erkannte mich freudig überrascht wieder und wies mich sogleich einer Arbeitsgruppe zu, die damit beschäftigt war, Gut aus dem Lager zu holen.

»Du kommst gerade recht!«, begrüßte mich der Mexikaner Franco, Leiter der Gruppe und Träger eines Bürstenhaarschnitts, den man keinem bis dahin bekannten Modetrend zuordnen konnte. »Da drüben warten 'zig Paletten voller Nudelpackungen nur darauf, endlich zur Spirit transportiert zu werden, aber diese Sch... Eisenrampe hier blockiert den Weg! Hilfst du mal mit, dieses Ding da auf die Seite zu schieben?!« Zusammen mit drei anderen Besatzungsmitgliedern, Frank, Manuel und Martin, versuchten wir daraufhin angestrengt, das an die Palettenstapel angelehnte tonnenschwere Ungetüm manuell wegzubewegen – was uns nicht mal für einen einzigen Zentimeter gelang.

Schließlich bereitete der heißblütige Mexikaner dem ganzen Gezerre und Gedrücke ein abruptes Ende, indem er sich kurzerhand auf einen Gabelstapler schwang und mit dessen Schaufeln die Platte einfach hochhievte. Diese rutschte sodann ab und knallte mit ohrenbetäubendem Krachen – ich betone ohrenbetäubend – auf den Steinboden. Doch was soll's – das Ding war erstmal beiseite, und wir konnten uns an die Nudeln ranmachen.

Im Laufe der nun folgenden Zusammenarbeit wich die anfängliche Scheu voreinander mehr und mehr einem neugierigen gegenseitigen Interesse – trotz oder gerade wegen unserer sehr unterschiedlichen Ethnien. Der 20-jährige Manuel erinnerte dabei mit seinem wuschligen Krauskopf, den großen dunklen Augen und den dichten Brauen eher an einen Urwaldbewohner als an den Bankkaufmann, der er später werden wollte. Auch der gleichaltrige Frank bestach optisch durch ein ähnliches Dschungel-Outfit, wobei an ihm alles irgendwie ›glatter‹ war. Sein bronzeglänzender piz-buin-Teint stand in eigentümlich anziehendem Kontrast zum sanft gewellten, schwarzen Haupthaar, und sein feminin-mandeläugiges Gesicht, das sämtliche Geheimnisse des untergegangenen Maya-Kultes zu verbergen schien, harmonierte perfekt mit dem wohlproportionierten, ästhetischen Körperbau, wenngleich er von noch kleinerem Wuchs war als sein Gefährte. Noch nie in meinem Leben hatte ich irgendeinen Hang zum gleichen Geschlecht verspürt, jedoch konnte ich mir gut vorstellen, dass so mancher Mann bei ihm schwach werden konnte – insbesondere auf einer entbehrungsreichen Seereise.

Doch zurück zu den Nudeln: Etliche Zentner, nein Tonnen davon schleppten wir mittels Hubwagen zur Laderampe des ›warehouse‹, um sie von dort auf Lastwagen zum Schiff fahren zu lassen.

»Willst du mitkommen und mir helfen, das Zeug am Kai abzuladen?«, lautete schließlich die erlösende ›Frage‹, die Franco urplötzlich an mich richtete. Dem Ausdruck in seinen froschartigen Augen zu entnehmen, wusste er wohl genau, dass ich hierauf den ganzen Tag nur so gewartet hatte.

»Weißt du, ich will eigentlich Lehrer werden«, fing der Mittelamerikaner an, während er den klapprigen Laster über den Pier jagte, »...aber leider bin ich aus dem Studium geflogen. Bei den ›ministries‹ habe ich dann wieder zu mir gefunden und wichtige Erfahrungen mit Gott gemacht.« Franco blickte in den Rückspiegel. »Naja, ich war ein bisschen faul damals und habe Mist gebaut. Mit dieser Aktion hier möchte ich das wieder gutmachen und neue Kräfte sammeln ... Tja, die meisten auf diesem Schiff haben irgendwie eine solche Geschichte hinter sich, weißt du. Sie alle dienen dem ›Lord‹ auf ihre Weise. Aber was hat dich eigentlich ...« Der Mexikaner mußte nun abrupt abbrechen, da wir inzwischen mitten im Ladeplatzgetümmel steckten, und es einiger Aufmerksamkeit und Geschicklichkeit bedurfte, um den sperrigen LKW durch ein Labyrinth von Paletten, Hubwagen, Menschen und Autos zu manövrieren. Ein kräftiger, junger Mann mit eckigen Schultern, kurzgeschorenen Haaren und einem leicht vorstehenden Unterkiefer dirigierte uns schließlich durch das Chaos.

»Das ist Rick, unser Bootsmann!«, sagte Franco. »Ein sehr guter Arbeiter – etwas ruhig, aber menschlich voll in Ordnung.«
Kaum hatten wir den Laderaum unseres LKWs geöffnet, da rasselte man auch schon mit Gabelstaplern heran, um die Nudelpaletten herauszuheben und dem hungrigen Ladegeschirr der Spirit zu servieren. Ich musste meine Aufgabe hier erst noch finden und so beobachtete ich zunächst am Rande, wie das Beladen des Schiffes überhaupt vonstatten ging.

»Are you a man of great order?«, riss mich plötzlich eine nicht unbekannte Stimme aus meiner geistigen Abwesenheit. Zwei leuchtend blaue Augen, die mir zuletzt vor zwei Wochen im Maschinenraum entgegengeblickt hatten, sahen mich unter einem gelben Bauarbeiterhelm fragend an. Da ich ›great order‹ als ›obey and order‹ – also ›gehorchen und befehlen‹ – akkustisch missverstanden hatte, wollte ich dem bärtigen Phil freundschaftlich erklären, dass ich in militärischen Verhaltensweisen nicht sonderlich geübt war. Daraufhin schüttelte er den Kopf, bückte sich und kritzelte mit einem Holzspan vier Rechtecke in den schmutzigen Boden – das eine Paar geradlinig nebeneinander stehend und das andere windschief zueinander.

»Diese Paletten« – er deutete auf die parallelen Rechtecke – »sind ›in order‹, die anderen beiden nicht ...«

Anhand einer Ansammlung abseits gestellter Paletten, die ungleichmässig bzw. mit aufgeplatzten Nudelpackungen bestückt waren, veranschaulichte der Behelmte sogleich seine theoretischen Ausführungen. Hier galt es umzupacken und auszusortieren – eine nicht zu unterschätzende Aufgabe, da die einzelnen Tüten wegen des zu erwartenden Seegangs in einer ganz speziellen Weise geschichtet werden mussten. Doch alles, was mich der Spirit näher brachte, machte mir Spaß, und ein besseres ›Sprungbrett‹ für die Arbeit an Bord konnte es gar nicht geben ...

Aber erst einmal kam die Mittagspause. An der Essensausgabe in der ›messhall‹ herrschte schon reges Gedränge. Ölbesudelte Gesichter, Hände, Shirts und Hosen stauten sich ungeduldig vor Töpfen und Karnistern.

»Du siehst aus wie jemand, der viel braucht!«, sagte Linda, die kleine, dicke Köchin aus San Pedro, zu mir und schöpfte meinen Teller bis oben hin voll mit Tortilla und mexikanischen Bohnen. Ich nahm die aberwitzige Portion an mich und suchte nach einem etwas ruhigeren Platz im Saal. Es gab zwar keine freien Tische mehr, aber doch einen, an dem nur ein einziger Mann saß. Er war mir außer durch seine lange, hagere Gestalt, die starke Brille und das wirre Kopfhaar vor allem durch seine ungewöhnlich langsame Art des Essens aufgefallen. Er beachtete die anderen kaum, sondern blickte – wie in Trance – stumm vor sich hin. Ich grüßte den etwa Dreißigjährigen und fragte, ob der Platz gegenüber noch frei sei. Daraufhin hob er überraschend schnell den Kopf, glotzte mich mit großen, entgeisterten Augäpfeln an und antwortete knapp, aber bestimmt und freundlich:

»Natürlich, Bruder, nimm Platz!« Er verfolgte noch kurz, wie ich mich setzte, ehe er wieder seinen Löffel aufnahm und in unendlichem Zeitlupentempo weiteraß. Und weiterschwieg. Dies beeindruckte mich umso mehr, als um ihn herum absoluter Trubel herrschte, und sich insbesondere unsere temperamentvollen Kollegen aus Mittelamerika mit Geschirrklappern, Schwafeln und Schlürfen nicht gerade zurückhielten.

»My name is Scott!«, kam es da plötzlich und unerwartet aus seinem Munde.

»My name is Stefan«, entgegnete ich.

Pause.

»Bist du ein neues Besatzungsmitglied?«

»Ich hoffe immer noch, dass ich es werde«, antwortete ich etwas melancholisch. Diese Stimmungslage musste mein bedächtiges Gegenüber wohl aufgefangen haben, und sie schien ihm – als grundsätzliche Eigenschaft – offenbar nicht unsympathisch, denn langsam entwickelte sich daraufhin so etwas wie ein Gespräch zwischen uns beiden. Scotts Story war die bewegende Leidensgeschichte eines aus medizinischer Sicht unheilbar Kranken: Ein tennisballgroßer Tumor hatte sich in seinem Kopf breit gemacht, die Ärzte hatten den jungen Amerikaner schon aufgegeben. Und er sich. Bis dann die letzte Operation kam. Während der Narkose plötzlich ein sphärisches Licht hoch über ihm und das Gefühl abzuheben. Als er dann aufwachte, war er geheilt. Ein Wunder ...

»Durch dieses Wunder habe ich zu Gott und zu dieser Gemeinde gefunden. Dieses Schiff ist mein Zuhause, Mann. Alles, was ich habe, ist hier an Bord in meiner Koje. Ansonsten habe ich nichts und niemanden. Gott wird auch dich leiten, Bruder«, sagte der Langsame und löffelte weiter die Bohnen von seinem Teller.

Da ich den Rest der Mittagspause an der frischen Luft verbringen wollte, verließ ich die quirlige Messe, stieg die Gangway hinunter und begab mich zum äußersten Ende des Pier 57, ein kleines Stück entfernt vom Bug des dockenden Schiffes. Dort aalten sich bereits einige der Deckhands in dicken Taurollen oder auf den großen Reifenmänteln, die normalerweise als Puffer zwischen Kaiwand und Schiffsrumpf herhalten müssen. Auch ich suchte mir zwischen Pneus und Trossen ein nettes Plätzchen, streckte alle Viere von mir und ließ mich von der kalifornischen Sonne bestrahlen. Fast war ich – wie die anderen – schon eingenickt, als ich plötzlich ein leises Wimmern zu vernehmen glaubte. Ich richtete meinen Kopf etwas empor und blickte um mich, doch da war nichts außer den friedlich dösenden Kollegen. Also ließ ich meinen müden Körper wieder in den Hanfhaufen zurücksacken und träumte weiter vor mich hin. Nach kurzer Zeit war es wieder da, jenes seltsam heisere Gejammer, das da irgendwo aus dem Nichts zu kommen schien. Diesmal riss ich den Kopf blitzschnell hoch, um den Verursacher der Misstöne auf frischer Tat zu ertappen. Doch auch diesmal ging der Schuss ins Leere. Nichts zu sehen. Inzwischen reckten jedoch auch Manuel und Frank neugierig ihre Köpfe zwischen Autoreifen und Taubündeln hervor. Schließlich raffte sich Frank auf und inspizierte die nähere Umgebung nach dem ›Phantom‹. Als er dabei an der Kaimauer einen Blick nach unten warf, kam ihm plötzlich das Lachen, und sogleich winkte er uns herbei. Etwa drei Meter tiefer schipperte antriebslos eines unserer Beiboote zwischen dem Rumpf der Spirit und den Pneupuffern der Kaiwand herum, und auf ihm – mühsam balancierend – Jamie, einer der ›Glaubensführer‹ an Bord. Es war seine charakteristisch hell-heisere Stimme gewesen, die uns die ganze Zeit über seine Notlage informieren wollte, jedoch nicht die Kraft gefunden hatte, die Kaimauer akkustisch zu überwinden. So imposant Jamies athletische Statur und sein dichter brauner Schnurrbart nach außen sein mochten, so fragil war sein Sprechorgan – ein eigenartiger, aber nicht uninteressanter Gegensatz. Mittels einem Paddel gelang es uns schließlich, den ›Havarierten‹ an die Kaimauer zu ziehen, um ihn dann über eine Strickleiter an Land klettern zu lassen. Er sei mit dem Beiboot um den Rumpf der Spirit gefahren, um diesen nach schadhaften Stellen zu untersuchen, als plötzlich der Motor abgesoffen sei, berichtete der Amerikaner. Doch der Mann – der mich rein äußerlich an einen ›Schweizer Almwirt‹ erinnerte – hatte sich immer noch so viel Selbstironie bewahrt, um mit uns zusammen über diesen kleinen Schildbürgerstreich vergnügt schmunzeln zu können …

Die Mittagspause war inzwischen zu Ende, und ich hatte mich noch nicht wieder zu meinen Nudelpaletten hinabgebeugt, da kam ein kleiner Lieferwagen herangefahren und hielt kurz vor der Gangway. Sah aus wie ein Kühlauto. Kühlauto? Das konnte nur bedeuten, dass frische Nahrungsmittel umgehend in den Gefrierraum an Bord befördert werden mußten – die Gelegenheit, um auf der Spirit zu arbeiten! Im Handumdrehen fand ich mich denn auch mit einigen anderen am Heck des Wagens ein, Hähnchenteile, Hamburger, Jogurts und Icecream in Empfang nehmend. Obwohl es die reinste Knochenarbeit war, sich mit den sperrigen, zentnerschweren Holzkisten durch die nicht gerade großzügig angelegten Räumlichkeiten des alten Frachters zu zwängen, vermittelte mir die Aktion doch irgendwie das Gefühl, schon ein richtiges ›Crew-member‹ zu sein ...

Als wir diese Aufgabe erfüllt hatten, kam Peter, der Deutsch-Amerikaner, angehetzt und forderte Verstärkung für das Beladen von hole 1. Hier waren im obersten Stockwerk ein paar Deckhands gerade verzweifelt damit beschäftigt, dem akkordmäßigen Andrang der ›einschwebenden‹ Paletten noch gerecht zu werden, und Vorarbeiter Jim hatte alle Hände voll zu tun, um einen ordentlichen Betrieb zu gewährleisten und die neu hinzukommende Ladung akkurat zu verstauen. Denn für die Stabilität der Fracht und damit die Sicherheit des gesamten Schiffes auf See war es von größter Bedeutung, dass das richtige Gut am richtigen Platz in der richtigen Weise untergebracht wurde – angesichts der beschränkten räumlichen Kapazitäten und des maroden Zustands der Spirit kein leichtes Unterfangen. Dementsprechend ›nett‹ gestalteten sich bisweilen Jims verbale Kommentare, wenn er wieder eine Palette zum x-ten Mal hin- und herbugsieren musste, bis sie passte. Wegen seines technischen Verständnisses, aber auch seiner körperlichen Bauweise war der Amerikaner wohl der einzige unter den Deckarbeitern, der diesem Job gewachsen war. Sein überquellender Bizeps bearbeitete die hydraulische Pumpe des Hubwagens, als ob es sich um Plastikspielzeug handelte. Jims Brustkasten aber war zu mächtig, als dass er nur durch das Bedienen von Hubwagenhebeln geformt sein konnte. ›Ein wenig‹ Bodybuilding mochte da wohl schon etwas nachgeholfen haben. Mit seinem verschmutzten Gesicht, seinen tief liegenden Augen und dem in die Stirn gezogenen Base-Cap vermittelte der 33-jährige Kraftprotz zunächst allerdings nicht gerade einen heimeligen Eindruck. Umso mehr überraschte es mich, alle seine ›Kommandos‹ nur in Form von Anfragen und Bitten zu vernehmen. Niemals habe ich Jim einen ›echten‹ Befehl erteilen oder jemanden gar tadeln hören. In der Tat schien er eher ein etwas kontaktscheuer, zurückhaltender Zeitgenosse zu sein. Es dauerte lange, bis man ihm eine Konversation abringen konnte. War das Eis aber einmal gebrochen und hatte man sein Vertrauen halbwegs gewonnen, fühlte man sich in der Nähe dieses gutmütigen Bären irgendwie wohl.

Nach entsprechenden Instruktionen des ›Bären‹ mischte ich mich nun unter die Guatemalteken und reckte ebenfalls meine Arme den herabbaumelnden Paletten entgegen, um sie durch Ziehen und Zerren in die richtige ›Landeposition‹ zu bringen. Richtig anstrengend wurde es aber erst, als sich die Nudelpackungen erschöpft hatten und stattdessen zentnerschwere Weizensäcke geliefert wurden. Diese Säcke mussten nämlich einzeln und per Hand von der Palette gehoben und in einem eigenen Stauraum bis unter die Decke aufgestapelt werden – und zwar so, dass sie auf der bevorstehenden 17.000 km langen Seereise möglichst nicht verrutschen konnten.

»Ich hab schon viele gesehen, die waren die doppelte Portion von dir, aber keiner hat das Zeug so hochgeschleudert wie du!«, staunte Phil, nachdem er mich beim Stemmen und Werfen der Säcke eine Weile beobachtet hatte. Mein letzter Job in Deutschland als Gepäckträger am Flughafen schien demnach nicht ganz umsonst gewesen zu sein ...

Dennoch war ich absolut groggy, als ich nach dem Abendessen zur Busstation zurückschlenderte. Wie sehr beneidete ich jetzt die Kumpels, die die Nacht auf der Spirit verbringen durften und sich darauf freuen konnten, in zwei Wochen an der ›unglaublichen Reise auf einem verrückten Schiff‹ teilnehmen zu können, während mich letztlich nichts anderes erwartete als das Winken mit dem Taschentuch. Trotz dieser ziemlich ernüchternden Aussichten war ich stolz auf meine heutige Leistung und den guten Zweck, dem sie diente, und beschloss, nicht aufzugeben, sondern auch in den nächsten Tagen weiterzukämpfen ...

4. DECKHANDS

»What kind of God do you have? – Was für einen Gott hast du eigentlich?«, schimpfte Victor. Es war Sonntag, der erste freie Tag nach einer langen und harten Arbeitswoche auf der Spirit, und ich hatte erst gestern eine erneute Absage für den großen ›Trip‹ schlucken müssen. Entsprechend missmutig hing ich im Wohnzimmer herum. Doch der Mann in der Küche hatte nicht das geringste Verständnis für europäischen oder besser deutschen Skeptizismus.

»Wenn es der Wille des Herrn ist, dass du dort mitfährst, dann wirst du mitfahren!«, konstatierte der Amerikaner mit provozierender Selbstsicherheit und wendete den brutzelnden Speck in der Pfanne. Das Einzige, was ich mit Sicherheit wusste, war, dass mir sämtliche Knochen wehtaten und den ganzen Tag nichts als Nudelpackungen, Weizensäcke und ablehnende Gesichter vor meinen Augen gaukelten. Sollte ich das Ganze nicht doch lieber sein lassen und die Sache mit der Schauspielerei weiterverfolgen?

»Du siehst aus wie ein Süchtiger«, sagte Vic, die Speckbrote servierend.

»Vielen Dank für das Kompliment, aber ich bin noch nie süchtig gewesen – nicht nach Alkohol, nicht nach Zigaretten und nicht nach Drogen«, entgegnete ich, im Lehnstuhl wippend.

»Man kann nach allem süchtig sein«, erwiderte er da und vertilgte seinen Toast mit wenigen Bissen.

Wie Recht er doch hatte! Man kann auch nach allem süchtig sein! Man kann nach Abenteuern, Reisen, Philosophien, Wissenschaften, Autos, Musik, Briefmarkensammeln, Geld, Frauen oder dem Beruf süchtig sein – es muss sich nicht um die klassischen Laster handeln. »All dies ist eitel, Haschen nach Wind und kein Gewinn unter der Sonne«, hieß es zu dieser Thematik in der Bibel unter dem ›Prediger‹. Zum ersten Mal las ich auf Vics Empfehlung diese Stelle. Dabei wurde mir mehr und mehr klar, dass ich all meine bisherigen Lebensziele und -inhalte radikal beiseite schieben musste, wenn ich ›neu durchstarten‹ wollte. Es sollte mir auf keinen Fall so ergehen wie dem reichen Jüngling, dessen spezielle Sucht (nach Reichtum) ihn so gefesselt hatte, dass er nicht mehr fähig oder willens war, Gott zu folgen, als er sich ihm anbot. Ich spürte, dass ich alles ›auf eine Karte‹ setzen musste, wenn ich die Spirit – meinen ›Gott‹ – gewinnen wollte. So zerriss ich meine kompletten Schauspiel-Unterlagen, vertiefte mich immer mehr ins Evangelium und betete jeden Tag, wie ich nie zuvor gebetet hatte. Alles, was ich noch wollte, war, mit Gott mitzufahren ...

Die zweite – und zugleich letzte – Arbeitswoche am Pier begann zunächst ohne besondere Vorkommnisse. Von der Crew wurde ich zwischenzeitlich schon wie ein vollwertiges Besatzungsmitglied behandelt, und erste Freundschaften – etwa mit Manuel und Scott – entwickelten sich. Wieso nur sollte dies alles in wenigen Tagen vorbei sein, dieses herrliche Schiff ohne mich auslaufen? Ich fand hierauf keine Antwort, verzweifelte schier an dem hässlichen Gedanken ...

Eines Tages – es war gerade ein Güterzug mit Reissäcken samt Verstärkungstrupp am Pier eingetroffen – kam ich mit einem der zusätzlichen Helfer ins Gespräch. Der etwa 50 Jahre alte Mann verkörperte rein äusserlich den ›guten Christen‹, wie er uns sonst eigentlich nur als gezeichnete Figur in kitschigen Zeugen-Jehovas-Heftchen begegnet. Er hatte so diesen typischen verklärt-seeligen Hosianna-Blick an sich, dem wir Europäer einfach nicht über den Weg trauen. Nachdem ich ihm dennoch meine ganze ›Leidensgeschichte‹ geklagt hatte, sah er mir in die Augen, fing plötzlich über das ganze Gesicht wie ein Sonnenkollektor zu strahlen an und sagte mit kompromissloser Selbstverständlichkeit:

»Gott hat dir den Wunsch, auf diesem Schiff mitzufahren, ins Herz gelegt, und darum wirst du mitfahren – as simple as that!«

Diesen Satz zu glauben aber fiel umso schwerer, je näher der Tag der Abreise rückte und sich an meiner Situation nicht das Geringste änderte ...

Am vorletzten Tag vor dem Auslaufen der Spirit geschah dann etwas, dem ich zunächst nur wenig Bedeutung beimaß. Als ich nach Feierabend wieder einmal mutterseelenallein zur Busstation wanderte, vernahm ich hinter mir das Motorengeräusch eines herankommenden Wagens. Ich blickte über die Schulter. Es war ein PKW amerikanischen Typs, der offensichtlich von der Anlegestelle der Spirit hergefahren kam, da es ansonsten in dieser Richtung keine weiteren Schiffe oder irgendwelche um diese Zeit noch geöffnete Einrichtungen gab. Das Auto war gerade dabei, behutsam an mir vorbeizurollen, als es die Fahrt weiter verlangsamte und schließlich – ein Stück vor mir – ganz zum Stehen kam. Die beiden Insassen des Fahrzeugs, am Steuer ein etwa 50 Jahre alter, beleibter Herr mit rundem Gesicht, kleinen blitzenden Augen und angegrautem Haar um die Stirnglatze, und seine Beifahrerin, eine dunkelhaarige Dame in den Vierzigern, hatten ihre Köpfe in meine Richtung gedreht und warteten offenbar auf mich. Als ich mit dem Wagen auf gleicher Höhe war, ließ der Mann das elektrische Fenster hinunter und fragte mich höflich-leise nach meinem Ziel.

»Die Bushaltestelle in San Pedro!«, antwortete ich.

»Okay, come in!«, sagte der Mann, und so stieg ich ein.

»Woher kommen Sie?«, fragte mich der Herr mit dem rosigen Gesicht nach einiger Zeit im Auto.

»Aus Deutschland.«

»Ah, aus Deutschland. Und woher kommen Sie jetzt gerade?«

»Von dem Schiff dort hinten. Ich helfe beim Laden.«

»Fahren Sie mit in die Sowjet-Union?«

Diese Frage – insbesondere das Wörtchen ›mit‹ in ihr – erstaunte mich doch etwas, da sie offenbarte, dass der nette Herr einiges über die Spirit wissen musste.

»Nein, leider nicht«, antwortete ich, »ich habe die Gemeinde erst vor ein paar Wochen per Zufall kennen gelernt.«

Hierauf schwieg der dicke Herr wieder.

»Sind Sie morgen auch wieder am Pier?«, fragte mich nun seine Begleiterin.

»Ja, zum letzten Mal«, seufzte ich, »übermorgen läuft das Schiff aus ...«

Wenige Minuten später setzten mich die beiden an der Bushaltestelle ab. Da saß ich wieder, auf meinem geliebt-gehassten Wartebänkchen, hinter mir das verwaschene Gelalle aus einer gammeligen Hafenkneipe, vor mir die verdreckten Fensterscheiben einer abgetakelten Seemannsmission. Nach einer Weile kam der Bus. Müde stieg ich ein, löste meine Fahrkarte und begab mich nach hinten, wo ich auch sonst zu sitzen pflegte. Der dicke Herr und die stille Dame wollten mir nicht aus dem Kopf gehen. Irgendwie war von den beiden eine geheimnisvolle, aber nicht unangenehme Atmosphäre ausgegangen, fand ich. Woher sie wohl kamen? Woher wussten sie so viel über die Spirit? Und weshalb hatte ich sie nie zuvor am Pier gesehen? Ach egal, dachte ich mir. Morgen ist der letzte Tag, und dann ist das Ganze sowieso vorbei! Ich sollte mich geirrt haben …

Der ›letzte Tag‹, der 30.06.1991, begann zunächst wie alle anderen – mit viel Arbeit. Zwei der drei holes wurden bereits geschlossen und seetauglich abgedichtet – ein Vorgang, der noch so manchem Deckhand eine gehörige Portion Zeit, Kraft und Nerven abverlangen sollte. Für Kopfzerbrechen sorgte schließlich auch noch die Verzurrung des Kapitänsautos, das anscheinend ebenfalls unbedingt mit von der Partie sein musste. Noch aber war die Ladung nicht komplett aufgenommen. Am Kai standen noch einige Tonnen Farbspray für Nicaragua, die man aus Platz- und Praktikabilitätsgründen direkt auf Deck lagern wollte. Doch erst einmal beendete die Schiffsglocke den Vormittag und lud zum Essen in die messhall.

Aus irgendwelchen Gründen hatte ich an Deck noch etwas zu tun und war daher nicht sogleich mit den anderen mitgegangen. Ich befand mich also gerade allein in der Nähe der Reling, als unten am Kai knirschend ein Wagen heranrollte, der mir bekannt vorkam. Das Auto hielt neben der Gangway an, die Tür ging auf, und aus dem Fahrersitz schälte sich der nette, dickliche Herr, der mich am Vorabend zur Busstation gefahren hatte. Er blickte zu mir herauf und rief:

»Hast du schon mit Jamie gesprochen?«

»Nein!«, rief ich zurück, auch wenn mir der Sinn der Anfrage nicht ganz klar war.

»Hold on, Stefan, I'll talk to him!«, rief er wieder zurück, flitzte mit unerwarteter Wendigkeit die Gangway hinauf und verschwand im Deckshaus. Ich war verdutzt. Woher kannte der Mann meinen Namen? Was meinte er mit seiner Frage? Was überhaupt tat er an Bord der Spirit? Etwas verwirrt gesellte ich mich zu den anderen in die Messe, bediente mich diesmal nur mäßig mit Tortillas und Bohnen, setzte mich gleich an den ersten Tisch Scott gegenüber, und schilderte ihm, was sich kurz zuvor begeben hatte.

»Kennst du eigentlich diesen ›Dicken‹?«, fragte ich den Langsamen.

»Natürlich! Das ist Don Tipton, der Schiffseigner«, antwortete er in üblicher Gelassenheit. Mir jedoch gefror fast das Blut in den Adern. Diesem Mann, der mich gestern nach San Pedro chauffeurt hatte, gehörte die Spirit! Und noch in der gleichen Schrecksekunde der Erkenntnis wurde mir klar, dass in diesen Augenblicken die endgültige Entscheidung fallen sollte, ob ich nun in wenigen Stunden dem Schiff oder Dr. Vic Lebewohl sagen musste ...

Ich brachte keine einzige Bohne mehr hinunter. Meine Wangen fingen zu glühen an, meine Hände wurden nass. Was jetzt, was jetzt?! Mein Gott, jetzt hilft nur noch beten – das ›Vater unser‹, schnell das ›Vater unser‹! Da ist ›alles drin‹! Nun mach schon, mach schon!!!

Ich vergrub meinen Kopf tief in die Handinnenflächen und stützte meine Ellenbogen auf die Tischkante. Vater unser im Himmel, geheiligt werde dein Name, dein Reich komme, dein Wille geschehe, wie im Himmel so auf Erden ... verdammt – wie ging's weiter?! Ich war so nervös, dass mir fast der ›Anschluss‹ entfiel ...

Mit jeder Faser von Körper und Geist flehte ich innerlich darum, auf diesem Schiff mitfahren zu dürfen. Alles war nur noch auf diesen einen Wunsch konzentriert und reduziert. Die gesamte Umgebung verschwamm in die Bedeutungslosigkeit, ich hörte keine Stimmen mehr, kein Geschirrgeklapper, nichts. Als ich mittendrin einmal kurz aufblickte, sah ich direkt in die weit aufgerissenen Augen von Scott, der offenbar genau fühlte, was vor sich ging.

»Hold on, boy, hold on! Sprich weiter mit ›ihm‹!«, beschwor er mich mit wichtiger Geste. Ich nickte und presste wieder meine Hände gegen die Schläfen.

Man kann es nun nachträglich als Zufall oder ›religiösen Fanatismus‹ abtun, doch ich versichere Ihnen, dass genau in dem Moment, als ich für mich im Stillen das Amen gesprochen hatte, die Tür zur messhall aufging und Don Tipton eintrat. Der Eigner der Spirit schritt schnurstracks auf mich zu, streckte mir seine Hand entgegen und sagte schlicht und ergreifend:

»Welcome you on board, Stefan! Pack deine Sachen zusammen – du ziehst ins Achterdeck! Ich will keinen Ärger, keine Zigaretten, keine Drogen, keinen Alkohol! Morgen früh laufen wir aus!«

Das war Hollywood live. Nein, viel besser – das richtige Leben! Ich konnte es nicht glauben – soeben war ich zum Besatzungsmitglied der Spirit ernannt worden! Spontan drückte ich mich an Don Tipton, und Don Tipton drückte sich an mich.

»Halleluja!«, »Praise the Lord!« und »Thank You, Jesus!«, brandete es nun wild durch den Saal. Es war wie eine Entladung. Viele in der Crew hatten mir bis zuletzt die Daumen gedrückt, hatten mit mir gehofft und gebangt, dass es doch noch klappen würde. Und nun, ›fünf Minuten vor zwölf‹, war der Traum wahr geworden – ich durfte mit!

»You're going to Guatemala?« Victor stand wie ein lebendiges Fragezeichen im Flur, als er mir beim Packen zusah.

»Yeah, first to Guatemala, then Nicaragua, Panama and Soviet-Union …«, erwiderte ich, im siebten Himmel. Vic akzeptierte – nicht ohne Neid – die fristlose Kündigung meines »Kinderzimmers« und schenkte mir sogar noch seine Bibel – allerdings mit der strikten Auflage, die von ihm eigens ausgesuchten Passagen intensiv zu studieren. Ich versprach's und ›im Gegenzug‹ überließ ich ihm mein Sakko und meine Videokassette. Victors Frau erklärte sich netterweise noch bereit, mich mit dem Auto zum Hafen zurückzufahren, da wir nicht wussten, ob und wann um diese Zeit noch ein Bus nach San Pedro verkehrte. Auch galt es als nicht besonders empfehlenswert, allein mit Sack und Pack durch das nächtliche L.A. zu ziehen …

»Du weißt nicht, was du für mich getan hast, du weißt es nicht«, sagte ich zu meinem Apfelsaft- und Angelexperten an der Tür. Daraufhin nahm Dr. Vic, der wegen ›Babysitting‹ das Haus hüten musste, seine zweite Bibel zur Hand, schlug sie auf und deutete auf eine Stelle, die ich noch nie zuvor gelesen hatte:

»Wenn Fremde dich besuchen, nimm sie auf und bewirte sie gut – denn einige von ihnen könnten unvermutet Engel sein!«
Dann sah mich der Speckbrot-Hüne mit der wippenden blonden Tolle flunkernd an und frozzelte: »Wie kriegen wir nur Saddam Hussein ohne dich?!«

Die Staubmäuse unter den vier Doppelstockbetten suchten ihresgleichen, und es schien kaum möglich, zwischen den wild verstreuten Cola-Dosen, Turnschuhen und Reisetaschen noch irgendwo Gepäck reinzuquetschen. Der Raum war zudem – entsprechend dem Heckbereich der Spirit – eigenwillig geschnitten: vorne weit, nach hinten schmäler werdend, die seitlichen Wände leicht gewölbt. Für Licht und Luft sollten drei mickrige Bullaugen sorgen – ein wahrlich aussichtsloses Unterfangen.

»Dies ist ab jetzt dein neues Zuhause«, sagte die pummelige Colleen und wies mir meine Koje zu. Es war das einzige noch freie Bett im Acht-Mann-Deck und befand sich exakt im geometrischen Mittelpunkt des Raums, unter dem Bett von Manuel.

»You know what, Stefanski?«, begann Franco plötzlich im Flüsterton, nachdem sich Colleen wieder verabschiedet hatte, »Wir haben die ganze Zeit gebetet für dich – darum hast du's geschafft! Und weil du so eine gute Einstellung hast – das hat ›ihnen‹ gefallen ...« Alle nickten und grinsten – vom kräftigen Walter über den singenden Roberto, den temperamentvollen Dario, den feixenden Manuel, den schönen Frank und den zierlichen Hector bis zum kleinen Patrick mit den großen Zähnen. Für diese Jungs war es natürlich etwas ganz Besonderes, einen echten Europäer – und noch dazu einen verrückten Deutschen – unter sich zu wissen. Während dieser aber verzweifelt mit seinem Tragegestell her-

umhantierte, erklärte ihm der Mann mit dem merkwürdigen Bürstenhaarschnitt den Tagesablauf auf See:

»Um 6.00 Uhr werden wir geweckt, und um 6.30 Uhr beginnen wir in
der messhall mit den ›Lessons‹, der Lesung und Interpretation von Bibelstellen. Um 7.00 Uhr beten wir gemeinsam und singen Lieder für den
Herrn. Um 7.30 Uhr wird gefrühstückt, und um 8.00 Uhr fangen wir
mit der Arbeit an. Von 12.00 bis 13.00 Uhr ist Mittagspause und um
17.00 Uhr Feierabend. Abendessen gibt's um 18.00 Uhr, und ab 22.00
Uhr ist Nachtruhe. Wahrscheinlich muss auch samstags gearbeitet werden, aber dann nur bis Mittag. Einige von uns werden auch als Rudergast bzw. Decks- und Maschinenwache in Schichten arbeiten müssen
und zwar von 0.00 bis 4.00, 4.00 bis 8.00, 8.00 bis 12.00, 12.00 bis
16.00, 16.00 bis 20.00 und 20.00 bis 24.00 Uhr. Zwischen jeder Schicht
hast du dann acht Stunden Pause, sodass du auch hier auf einen Acht-
Stunden-Arbeitstag kommst. Das ist für dich aber erst mal unwichtig,
Stefanski, weil du ja noch nicht entsprechend eingeteilt bist ...«
Nachdem ich Pastor Douglas meinen Reisepass ausgehändigt hatte,
überreichte er mir die Aufnahmebedingungen für die Spirit-Crew sowie
den ›Contract‹. Es handelte sich hierbei nicht um einen klassischen
Heuervertrag, da die Deckhands allesamt keine ausgebildeten, gewerbs-
mäßigen Seeleute waren, sondern Gemeindemitglieder, die aus rein ide-
ellen oder religiösen Motiven ihre Arbeitskraft in die Dienste dieser
Mission stellten. Die Entlohnung erschöpfte sich daher in der freien
Gewährung von Unterkunft, Verpflegung und Kleidung – ein Grund-
satz, der übrigens bis hinauf zum Kapitän galt ...

»Versichert bist du trotzdem bei uns – nämlich über die Gemeinde.
Du brauchst also keine Green Card‹, beruhigte mich der Pfarrer, ergänzte aber mit einer gewissen Eindringlichkeit: »Was wir jedoch erwarten, ist die Mitarbeit an Bord und die Einhaltung der Regeln auf diesem
Schiff!« Mit diesen Worten deutete er auf eine Stelle des Vertrags, an
der die charakterlichen Anforderungen – die so genannten ›Fünf Grundsätze‹ – aufgelistet waren:

1. Das Herz eines Dieners

2. Eine positive Einstellung

3. Gehorsam gegenüber der Obrigkeit

Die Grundsätze Nummer 4 und 5 sind mir leider entfallen.

»Außerdem veranstalten wir jeden Sonntagabend eine Bibel-Diskussion, in der wir gemeinsam Textstellen aus der Heiligen Schrift erörtern«, fügte Douglas hinzu. »Jedes Besatzungsmitglied sollte sich hieran beteiligen. Dies ist zwar kein richtiges ›Gesetz‹ an Bord, aber wir denken, dass die Veranstaltung für den moralischen Zusammenhalt unserer Crew im Prinzip unumgänglich ist und nur Sinn macht, wenn alle dabei mitwirken. Also genau genommen ist es, ... naja – eben doch ein Gesetz ...«

»Über deine Aufnahme in unserer Gemeinde müssen wir uns aber zu einem späteren Zeitpunkt noch etwas genauer unterhalten!«, schob Douglas nach, als ich aufstand, um wegen der noch ausstehenden Impfungen den Schiffsarzt aufzusuchen.

»Okay!«, sagte ich im Gehen.

»Und Stefan ... «

»Ja?«

»Zieh doch bitte eine andere Hose an! Deine Jeans ist nämlich hinten schon ziemlich aufgerissen, und ich möchte nicht, dass irgendwer an Bord daran Anstoß nimmt – oder auf dumme Gedanken kommt, okay?!«

Die erste Nacht war grauenvoll. Obgleich ich von den Anstrengungen der letzten Tage total erschöpft war, fand ich keine Ruhe. Immer wieder spielte sich vor meinen Augen die Szene von heute Mittag mit Don Tipton ab – so, als ob jemand ständig die Repeat-Taste eines Video-Recorders betätigte. Und dann war da noch die Luft in unserer Acht-Mann-Kabine, die nur noch aus Stickstoffanteilen zu bestehen schien. Die drei geöffneten Bullaugen versagten jämmerlich in ihrem Kampf um eine frische Brise aus dem stehenden Hafengewässer, boten dafür aber dem Vollmond ausgezeichnete Gelegenheit, uns direkt in die Gesichter zu strahlen. Gelangte man nun trotz dieser Widrigkeiten irgendwann einmal an jenen Punkt, an dem man sich von der Ermüdung schlicht überwunden glaubt, fing entweder einer der Zimmergenossen das ›Sägen‹ an, dass die Balken krachten, oder die Nachtwache polterte herein und knipste die Funzel an, um die Ablöse zu wecken. So schmorte man genervt vor sich hin, bis einem in den Morgenstunden der Kanon durcheinanderklingelnder Wecker schließlich den Rest gab ...

Nach dem Frühstück und der ›Lobpreisung des Herrn‹ ging's erst nochmal ans Beladen der Spraydosen für Nicaragua. Derweil schickte sich Colleen an, ein Seemannsvisum für mich zu organisieren. Beides dauerte länger als erwartet. George Folden, unser 63-jähriger Kapitän, schien das bereits geahnt zu haben, denn er trudelte wohlweislich erst im Laufe des Vormittags am Pier ein. Auf dem Weg zum Schiff blieb er kurz vor der Gangway stehen und verfolgte regungslos mit einer Zigarette zwischen den Fingern die letzten Züge der Ladearbeiten. Mit seinem scharf gezeichneten, herben Gesicht, den stechenden, aber ruhigen Augen unter der weißen Mütze und seiner hageren, knochigen Gestalt hätte er in diesem Moment eine fabelhafte Filmfigur abgeben können – allerdings ohne Ton, denn wenn er sprach, verstand ihn kaum einer, und das galt nicht nur für Europäer und Mittelamerikaner ...

Nachdem der Captain fertiggeraucht hatte und in Gefolgschaft einer Karawane von Gepäckträgern die Gangway hinaufgeschritten war, traf auch Don Tipton ein, um seine Abschiedsrede zu halten. Er selbst sollte uns nämlich auf See nicht begleiten, sondern lediglich auf den Zwischenstationen und am Zielhafen Besuche abstatten.

Die Spraydosen waren mittlerweile alle an Deck, und auch Colleen mit meinem Visum in Händen von der Hafenbehörde wieder zurück, als plötzlich der Chefmaschinist ölverschmiert an Deck stürzte und mit Horrorgebärden den Ausfall unseres Generators verkündete. Sofort bildeten unsere Schiffsmechaniker Mike, Phil und Peter einen Krisenstab, um den Schaden zu beheben. Vor allem aber musste angesichts dieser Havarie nochmals ernsthaft überprüft werden, ob die gute alte Spirit tatsächlich noch in der Lage war, den Hafen zu verlassen und solch eine Gewalttour, wie wir sie vorhatten, sicher zu bewältigen. Nervosität breitete sich aus. Mit jeder Minute, in der unsere Techniker nicht wieder aus dem Maschinenraum auftauchten, stieg die Spannung. Aus den Minuten wurden Stunden ...

Don Tipton nahm unterdessen in der messhall die Gelegenheit wahr, einige beruhigende und zuversichtliche Worte an die Besatzung zu richten und nochmals Ziel und Zweck des Trips zu erläutern. Dabei hob er hervor, dass es neben der rein physischen Speisung der Armen vor allem darauf ankommen werde, ›Heiden‹ und ›Ungläubige‹ zum christlichen Glauben zu bekehren. Aber auch ein jeder von uns selbst solle durch diese Reise seinen persönlichen Weg zu Gott finden ...

Während man nun für das Funktionieren des Generators und das Gelingen der gesamten Mission intensiv betete, und die Mechaniker 10 Meter unter uns fieberhaft an der Lösung unseres technischen Problems arbeiteten, neigte sich der Tag, auf den so viele so lange gehofft hatten, langsam dem Ende zu. Fast die gesamte 75-köpfige Crew stand an Deck und erwartete nichts sehnlicher als das Geräusch des wieder einsetzenden Motors. Wie oft hatte uns dieses monotone Pulsieren die Tage zuvor gestört – jetzt begann man, die Stille zu hassen ...

Doch plötzlich ein Gebrumme, ein zaghaftes Anschlagen und schließlich ein entschlossenes, sicheres Stampfen aus dem Innern der Spirit – die Kolben arbeiteten wieder! Spontaner Applaus setzte ein, und Mike, Phil und Peter wurden wie Helden empfangen, als sie mit dreckigen, nass geschwitzten Gesichtern wieder an Deck erschienen.

Das Ablegemanöver sollte sich angesichts der vielen Greenhorns an Bord aber doch noch relativ kompliziert gestalten. So war es unserem ehrgeizigen Vorarbeiter Mike trotz der erheblichen Sprachdifferenzen innerhalb der Crew zwar noch gelungen, jedem Deckhand seine Position zu erläutern, nicht unbedingt aber, was er dort zu welchem Zeitpunkt genau zu tun hatte. So geschah es, dass die langen Taue zu früh, die kurzen zu spät, die vorderen zu schnell, die hinteren zu langsam und andere gar nicht gelöst wurden. Mike hetzte mit rotem Gesicht und wild um sich spuckend unaufhörlich zwischen Bug und Heck hin und her, um seine eigenen, missverstandenen Kommandos wieder zu korrigieren – bei einer Schiffslänge von 60 Metern nicht gerade ein Vergnügen!

Nachdem sich aber Peter, Jim, Rick und einige andere noch hilfreich einschalteten, schafften wir es dann doch, die armdicken, mehrere Zentner schweren Trossen akkurat einzuholen. Der scheidende Jack und Don Tipton gaben nun an Land das letzte Tau frei, und unter heftigem Gejubel driftete die Spirit langsam und träge wie ein watender Saurier von der Kaimauer weg, um anschließend vom Steuermann behutsam durch das Hafenbecken manövriert zu werden.

Nun konnten wir Deckhands in Ruhe die Taue bergen und das Hinausgleiten des Schiffes auf die offene See genießen. Die winkenden Menschen am Pier 57 verschwanden schon bald aus unserem Blickfeld. Die Dünung nahm zu, der salzige Meereswind frischte auf und wurde nach kurzer Zeit zu einer steifen Brise. Mit voller Kraft ließen wir Los Angeles, Kalifornien und die Vereinigten Staaten von Amerika hinter uns und tauchten in die schwarze, sternenklare Nacht hinein.

5. BORN AGAIN

Es war ein unbeschreibliches Gefühl, auf diesem rostigen alten ›Gaul‹ durch die Wogen zu pflügen, den Duft der See einzusaugen, mit dem Heben des Schiffes nichts als hellblauen Himmel und mit dem Senken nichts als dunkelblaues Wasser um sich zu sehen. Der Horizont, die scharf gezeichnete Trennlinie zwischen diesen beiden blauen Hälften, schloss einen vollkommenen Kreis um unsere Nussschale – kein Stück Land, kein Gebäude, kein Gerät unterbrach diesen mystischen Streifen oder verstellte den Blick auf die unendlich scheinenden Weiten des Stillen Ozeans.

»Bald sind wir in meinen Hoheitsgewässern!«, scherzte der Mexikaner Franco und wischte sich den Schweiß von der Stirn, während er die noch vom gestrigen Ablegemanöver durcheinanderliegenden Taue zu entwirren versuchte.

»Pah – ist doch alles gleich hier! Das Wasser wird erst anders, wenn wir in Guatemala sind«, neckten ihn die Guatemalteken Dario und Roberto und fassten mit an. Jim, Manuel und ich waren derweil mit den Trossen auf der anderen Seite des Schiffes beschäftigt. Sie mussten ebenfalls auf Deck ausgebreitet, der Länge nach sortiert und schließlich nach einem bestimmten Schema wieder zusammengelegt und aufgeräumt werden. Wie stolz war ich, nach dem Morgenappell ›offiziell‹ als Deckhand eingeteilt worden zu sein und damit dem ›harten Kern‹ der Seemannschaft angehören zu dürfen ...
Wie hart dieser Kern beschaffen sein musste, sollte ich freilich schon bald am eigenen Leib spüren. Nachmittags erhielten wir von Mike, unserem neu ernannten Bootsmann, den Auftrag, abmontierte Bestandteile von Decksaufbauten auf das Dach eines Geräteschuppens zu heben und dort zu vertäuen. Es muss ein Bild für Götter gewesen sein, wie wir uns zu fünft auf schwankendem Boden krampfhaft abmühten, die zentnerschweren Eisenklumpen an der Wand entlang nach oben zu bugsieren. So manche Verrenkung mochte hierbei eher an die Showeinlage

eines Bewegungskünstlers als an den Handgriff eines Seemanns erinnert haben ...

Die nächste Leidensaktion ließ nicht lange auf sich warten: Die mächtigen Stahlplatten auf den holes mussten zum Schutz vor eindringendem See- und Regenwasser mit großen, schwarzen Kunststoffplanen abgedeckt werden – was Bootsmann Mike veranlasste, vorab einen Crashkurs im Knotenknüpfen zu erteilen. Zu meinem Entsetzen und in peinlicher Erinnerung an mein Ballonbläser-Drama in Beverly Hills musste ich hierbei feststellen, dass mir auf diesem Gebiet offenbar eine Art legasthenische Schwäche anhaftete, da mir lediglich der ›Palstek‹ einigermaßen gelingen wollte. Gottlob aber verfügte auch die Decksmannschaft der Spirit über bestimmte fleißige und strebsame Kollegen, die sich für alles freiwillig meldeten und sich für jede Aufgabe prinzipiell geeigneter hielten als andere. Der kleine Patrick mit den großen Zähnen gehörte zu dieser Gattung. Er kämpfte stets an vorderster Front, war der Erste, der die Taue wegräumte, der Schnellste beim Putzen, hielt eine der ersten Morgen-Lessons, sang am lautesten, mahnte zur Wachsamkeit, kritisierte die Arbeit der Kollegen und – drängte sich sogar bei ›Knoteneinsätzen‹ vor. Glücklich und stolz grinste er vom hole herab, als er die Planen mit Spezialknoten fixieren durfte. Glücklich und erleichtert grinste ich zu ihm hinauf, da er mir damit – unbeabsichtigt – das lästige Gefummel erspart hatte. Für den Bruchteil einer Sekunde kam mir der Gedanke, ihn als meinen persönlichen ›Knotenlakaien‹ zu engagieren ...

Doch Spaß beiseite – das Verzurren der Planen bereitete nicht nur wegen der Knotenakrobatik gewisse Schwierigkeiten. Die Ladeluken waren im Verhältnis zum übrigen Deck derart exponiert, dass sich die aufliegenden Verschlussplatten mit der Reling ungefähr auf gleicher Höhe befanden. Dies wiederum bedeutete, dass jeder, der sich beim Befestigen der Planen auf den Abdeckplatten herumtrieb – insbesondere in aufrechter Körperhaltung –, bei entsprechendem Seegang unmittelbar Gefahr lief, entweder über Bord gefedert oder aber auf den Decksboden geschleudert zu werden. Letztere Variante durfte ich schmerzhaft auskosten, als ich nach dem Überziehen einer Plane das hole mit einem kühnen Sprung verlassen wollte. Genau in diesem Augenblick nämlich hob ein Wellenberg den Bug der Spirit und beschleunigte dadurch katapultartig meinen Abgang. Das anschließende Wellental wiederum senkte den Decksboden, wodurch sich meine ›Flugbahn‹ entsprechend verlängerte. So schwebte ich plötzlich auf Gegenstände zu, die ich vor meinem Absprung noch einige Meter entfernt wähnte. Die Landung verlief denn auch nicht gerade besonders sanft – zumal mir der Boden auf Grund eines erneut einsetzenden Wellenberges nun wieder frontal entgegengekommen war ...

Ein weiteres Übel an Deck bestand in der permanenten Sonneneinstrahlung. Auch hier erhielt ich meine Lektion. Während sich sämtliche Deckhands – also auch die dunkelhäutigen Mittelamerikaner – als Schutzmaßnahme vor dem gefährlichen UV-Licht grundsätzlich nur mit T-Shirt, langer Hose, Base-Cap und Sonnenbrille auf Deck wagten, zog es der ›naturbewusste‹ Europäer selbstverständlich vor, Wind und Wetter möglichst pur zu erleben und daher konsequenterweise auf alles ›überflüssige‹ Zubehör zu verzichten. Die Strafe für diese Eitelkeit folgte auf dem Fuß: Brummschädel, Gleichgewichtsstörungen und Sonnenbrand an Stirn, Nase, Wangen, Schläfen, Ohren, Nacken, Brust, Schulter, Rücken, Arme und Kniekehlen. Schiffsarzt Doc Roy, unser 75-jähriges Fossil aus längst vergangenen Weltkriegszeiten, verordnete mir daraufhin neben Pillen und Salben die sofortige Beschaffung einer Kopfbedeckung. In diesem Zusammenhang hatte mir schon seit längerem das schicke US-Army-Cap von Vinnie, einem unserer guatemaltinischen Schiffsköche, ins Auge gestochen. Nach ausgiebigem Feilschen kaufte ich dem pummeligen 20-jährigen das Cappy schließlich ab – für satte 10 Dollar ...

Die folgenden Tage standen ganz im Zeichen von ›klar Schiff!‹, d.h. die Spirit sollte durch Aufräumen, Putzen, Entrosten und Streichen wieder auf Vordermann gebracht werden. Das Aufräumen war in wenigen Stunden geschehen, das Putzen hingegen bedurfte schon längerer Zeit. Vor allem die öligen Maschinen- und Stauräume mit all ihren ungewöhnlichen Verwinklungen und Nischen, dem Durcheinander von Stangen, Rohren, Schränken, Kästen und Hebeln erforderten unendliche Geduld und bisweilen gewandten Körpereinsatz, wollte man sie auch nur ansatzweise sauberkriegen. Zudem waren die Putzeimer im Nu voll von brauner Brühe, und das Beschaffen von klarem Wasser entwickelte sich jedesmal zu einem wahren Spießrutenlauf durch das halbe Schiff. Und das, obwohl wir ringsherum von herrlichstem Wasser umgeben waren. Doch genau hierin befand sich der Erzfeind unserer guten alten Spirit. Zu jeder Tages- und Nachtzeit war er zugegen, der salzige Liquidator, drang überall ein, fraß am Rumpf genauso wie an Deck, fegte brüsk in die Mannschaftsräume und ließ sich sogar vom Wind bis hinauf zum Radarmast blasen. 47 Jahre lang hatte die Spirit diesem hartnäckigen, allgegenwärtigen Widersacher wacker getrotzt, doch hatte der tagtägliche Überlebenskampf tiefe Spuren hinterlassen. So war ihre stählerne Haut an allen Ecken und Enden spröde und aufgerissen und mit einer Art Aussatz befallen – besser bekannt unter ›Rost‹. Dieses garstige Bakterium, das da beharrlich am Zerfall unserer ›Arche‹ arbeitete, galt es zu eliminieren – ›mit allen Mitteln‹, wie Jamie es formulierte.

Hierzu bildete man einen Trupp aus tapferen Deckhands, bewaffnete ihn mit Flex, Hammer, Spachteln und Reibeisen und schickte ihn auf die Jagd nach Korrosionsflächen. Da musste selbstverständlich nicht lange gejagt werden, denn die Spirit war übersät von ihnen. Man brauchte sich nur zu bücken, irgendwo anzulehnen, nach oben zu blicken oder einfach nur geradeaus zu schauen, und schon konfrontierten sie dich, diese rötlichen, knirschenden und bröckelnden Miniatur-Ruinen. Das Klopfen und Schaben an Bordwänden und Böden machte dabei ja noch halbwegs Spaß, das Abfeilen der Ladebäume jedoch artete in Quälerei aus. Bestimmte Stellen der Kräne waren auf Grund ihrer ›Höhenlage‹ oder sonst wie ungünstigen Position nicht einmal über eine Leiter erreichbar, sodass ein Freiwilliger sich mittels Flaschenzug und Klettergurt auf den Baum hochhieven lassen musste. Bei der Wahl dieses Freiwilligen hatte man wenig Spielraum, er schrumpfte regelmässig gegen Null, da im Grunde nur eine einzige Person das hierfür nötige Anforderungsprofil komplett erfüllte: Jim. Alle blickten stumm auf ihn, und so meldete er sich schließlich ›freiwillig‹ ...

Die einzige Schwierigkeit bei unserem ›Big Jim‹ bestand jedoch darin, am Flaschenzug ein passendes Gegengewicht für ihn zu finden. Da es ein solches definitiv nicht gab, warfen sich Walter, Rick und Martin zusammen ins Zeug und hievten den Guten mit Hilfe ihrer summierten Eigengewichte an seinen neuen Arbeitsplatz.

Gerade als wir uns beim Entrosten der Masten und Bäume einigermaßen eingespielt hatten, stieß plötzlich jemand vom Topdeck ein schrilles »Giek!«, aus. Wir rissen die Augen nach oben und erkannten Scott, der aufgeregt aufs Meer hinausdeutete. Wir folgten seinem Fingerzeig, und da sahen wir sie auch schon, wie sie knapp über die Wellenkämme hinwegsegelten, um sich dann wieder kamikazeartig in die See zu stürzen: Ein Schwarm fliegender Fische begleitete uns – halb über, halb unter der Wasseroberfläche. Genau genommen hüpften diese Tierchen mehr, als dass sie tatsächlich flogen. Ihre durchsichtigen, propellerartigen Flügel unterstützten dabei lediglich ihre ›Sprünge‹ von einem Wellenberg zum nächsten. Mit ihren Steuerungsorganen schien es jedoch nicht allzu weit her zu sein, da prompt ein Musterexemplar dieser makrelenartigen Fischchen vor unseren Augen an Deck klatschte. Der feist grinsende Louis, dessen Arbeitsplatz normalerweise die Kombüse war, griff sich sogleich den beschuppten, manövrierunfähigen Bruchpiloten, um ihn uns anderen stolz präsentieren zu können. Doch anstatt die arme, nach Luft schnappende Kreatur anschließend wieder dem feuchten Element zuzuführen, nahm er sie als ›Trophäe‹ mit in seine Kabine ...

»Delfine!«, lautete schon bald der nächste Ausruf, und diesmal war es Dario, der sie entdeckt hatte. Etwa 50 Meter vom Schiff entfernt durchschnitten sie die Fluten, die quietschfidelen grauen Wasserakrobaten. Je mehr sie von uns beobachtet wurden, desto näher kamen sie in immer größerer Zahl heran. Schließlich war es ein ganzes Rudel, das da unmittelbar neben der Spirit seine witzigen Wasserspielchen darbot. Perlende Gischtschweife hinter ihren Schwanzflossen herziehend katapultierten sich die Meereskünstler mit bravuröser Kraft und Eleganz aus ihrem Medium, krümmten und drehten sich artistisch im Äther und tauchten anschließend wieder so geschmeidig und spitz ins Wasser als bestünden sie selbst nur aus Flüssigkeit. So manche lieferten sich gar Wettrennen, wer am rasantesten – vor allem aber am knappsten – vor unserem Bug hin- und herzischen konnte, ohne dabei von diesem ›überfahren‹ zu werden …

Am Ende dieses Tages sehnte ich mich nur noch nach einer kalten Dusche – die erste an Bord überhaupt. Der Weg dorthin sollte jedoch zunächst einmal an der Kabine unseres Schiffsarztes vorbeiführen – ein ›riskantes‹ Unterfangen, zumal der gute alte Doc Roy nichts sehnlicher zu erwarten schien als ›Kundschaft‹ und zu diesem Zweck die Tür ständig sperrangelweit offen stehen ließ. Und prompt geschah es auch: Ich hatte mich gerade klammheimlich mit Shampoo und Handtuch unter'm Arm an seiner kleinen Praxis vorbeigestohlen und wähnte mich schon in Sicherheit, da hörte ich ihn unmissverständlich meinen Namen rufen. Es war einfach unmöglich, ihm zu entwischen …

»Come in, Stefan!«, empfing mich der alte Haudegen, und er hatte wieder sein legendäres ›Desert Storm‹-T-shirt an, »ich habe vorhin Nachrichten abgehört, und wenn ich alles richtig verstanden habe, ist wohl gerade der Warschauer Pakt aufgelöst worden! Das ist 'n Ding, oder?«

»Allerdings …«, bemerkte ich nicht unbeeindruckt, was Doc Roy genügte, um einen Plausch zu beginnen. So erzählte er von seinen Abhöraktionen auf See während des Zweiten Weltkriegs und den netten ›Froileins‹, denen er auf einer Studienreise durch Deutschland noch vor Ausbruch des Krieges begegnet sei. Aber auch die deutsche Sprache hätte es ihm sehr angetan. Bestimmte Worte seien zwar ziemlich lange, dafür aber ›sehr logisch zusammengesetzt‹, begeisterte sich der Arzt und fügte kopfschüttelnd hinzu: »Ich kann gar nicht verstehen, dass manche von uns so viel Schwierigkeiten damit hatten …«

Bei dem Thema Deutschland kam natürlich unweigerlich die frisch gewonnene Wiedervereinigung zur Sprache, und ich erläuterte Roy in groben Zügen, mit welchen Problemen wir uns diesbezüglich herumzuschlagen hatten. Er hörte zu, nickte und sagte dann in gebrochenem Deutsch: »Ja, ja – die ›Mauer in den Köpfen‹ ...«

Nach dem obligatorischen, diesmal aber ergebnislosen Frequenzengestöber am Funkgerät entließ mich der betagte Golfkriegs-Fan schließlich aus seinem Machtbereich, und ich huschte flugs in eine der noch freien Duschkammern. Das Ding war der reinste Sarkophag – kaum mehr als mannsbreit, mit ein paar Abzugslöchern oben, einer spärlichen Handtuch- und Klamotten-Halterung an der Seite, ansonsten nur weißgelb getünchter Stahl. Nirgends konnte man sich richtig festhalten, was sich angesichts der ungleichmäßigen Schiffsbewegungen und dem nicht gerade rutschfesten Untergrund durchaus problematisch gestalten konnte. So klemmte ich meine Füße in die seitlichen Kanten der glitschigen Bodenwanne und ließ mich – je nach Seelage – mal von rechts, mal von links, mal von vorn, mal von hinten und manchmal auch überhaupt nicht vom Wasser berieseln. Bei alledem verblieb nicht viel Zeit für's Einseifen oder Shampoonieren, da entweder der Süßwassertank vor Erschöpfung schon bald röchelte und gurgelte oder andere, vor der Tür wartende Besatzungsmitglieder lautstark das Ende der ›regulären Duschzeit‹ signalisierten. Und abtrocknen und anziehen musste man sich in diesem wankenden Käfig ja schließlich auch noch ...

Eines abends – die Mannschaft hatte gerade gegessen – setzte sich Douglas zu mir an den Tisch.

»Bis jetzt machst du deine Sache hier an Bord recht gut, Stefan«, lobte mich der Pfarrer, »ich glaube, die Zeit ist nun reif ... kannst du in einer halben Stunde wieder hier sein – mit deiner Bibel?«

Eine halbe Stunde später trafen wir uns am gleichen Tisch in der Mitte der messhall wieder. Wir waren allein. Der Amerikaner nahm mir gegenüber Platz und legte seine Bibel ungeöffnet vor sich auf den Tisch. Nachdem er mich prüfend angesehen hatte, begann er mit folgenden Worten:

»Wie du weißt ist dies ein Schiff, das nicht im Auftrag der Entwicklungshilfe, sondern im Namen des Herrn unterwegs ist. Das heißt, dass wir nicht nur Hilfsgüter in die ›Dritte Welt‹ transportieren, sondern vor allem den christlichen Glauben. Dazu ist es aber unbedingt erforder-

lich, dass jeder, der sich an dieser Mission beteiligt, selbst ein überzeugter und bekennender Christ ist – wie du sicherlich verstehen wirst ...«
Ich nickte.

» ... und deswegen erwarten wir auch von dir, dass du dich – sofern du bei uns bleiben willst – eindeutig zum christlichen Glauben bekennst ...«
Mit diesen Worten blickte mir der Mann tief in die Augen, als ob er mein Innerstes durchleuchten – oder besser durchbohren – wollte, und zum ersten Mal fielen mir die vielen Furchen und Falten auf, die sich sowohl quer als auch längs durch die Stirn dieses Menschen gegraben hatten.

»Gut! Dann werde ich nun einige Bibelstellen mit dir zusammen lesen und dich anschließend fragen, ob du sie im Geiste verstanden hast und im Herzen akzeptierst. Falls ja, werde ich dich am Schluss bitten, das Glaubensbekenntnis auszusprechen, okay?«

»Okay!«
Douglas trug mir nun ausgesuchte Stellen der Heiligen Schrift, insbesondere Psalmen und Gleichnisse, vor, wobei er mich nach jedem Passus aufs Neue musterte, um die Wirkung des Geschriebenen und Gesprochenen zu prüfen. Sodann stellte er mir einige Fragen zum Text oder wir unterhielten uns ganz einfach über dessen Aussage. Ich fühlte mich gut, da ich mittlerweile tatsächlich hinter allem stand, was dort gelehrt wurde. Dabei war es in meinem bisherigen Leben nie so gewesen, dass ich die Existenz Gottes wirklich geleugnet oder direkt nach bösen Taten getrachtet hätte. Der letzte Anschub zur vollen Überzeugung und die entsprechende Lebensausrichtung hatten jedoch immer noch gefehlt. Dem war nun seit Don Tiptons Handschlag in San Pedro nicht mehr so. Fast jeden Abend, den ich seitdem an Bord der Spirit verbringen durfte, hatte ich mich anhand von Victors Bibel eingehend mit den zentralen Glaubensinhalten des Neuen Testaments befasst und auseinander gesetzt – diesmal aber im Lichte des Erlebens und nicht des Theoretisierens wie zu Schul- oder Unizeiten. Jeder Tag, der auf See verging, schenkte mir dabei neue Erfahrungen ...

»Well, Stefan, do you surrender on The Lord?«, hörte ich Douglas fragen.

»Yes, I do!«, antwortete ich.

Daraufhin legte der Pastor seine Hand flach auf meinen Kopf, sprach konzentriert-langsam das Bekenntnis des Glaubens vor, und ich sprach es – nicht ohne Aufregung – Stück für Stück nach. Dann schloss der Mann die Augen, betete mit mir das ›Vater unser‹ und ›taufte‹ mich – zum zweiten Mal in meinem Leben – im Namen des Vaters, des Sohnes und des Heiligen Geistes. Als Douglas seine Augen wieder öffnete, lag eine gewisse Erleichterung in seinem Blick.

»Weißt du, Stefan, auch ich habe einen schwierigen, verschlungenen Pfad hinter mir«, begann er nun in vertraulichem Ton, »in meiner Zeit am College habe ich einige schlechte Dinge gemacht, bin ziemlich abgedriftet. Wir haben Drogen genommen und sind besoffen durch die Städte gezogen! Ich war sogar in einer Gang und habe Leute mit der ›Magnum‹ bedroht – kannst du dir das vorstellen? Bis ich dann von einem Zuchthauspastor bekehrt worden bin. Seit dieser Zeit wollte ich nichts anderes mehr, als auch diesen Job zu machen. Tja, und irgendwann, nachdem ich mein Leben und mein Denken komplett auf Jesus Christus umgestellt hatte, hat's dann auch geklappt! Ich bin nun seit einigen Jahren selbst Gefängnispfarrer und ich kann dir sagen, dass ich nichts lieber machen würde auf der Welt als genau das! Wir haben es zwar teilweise mit ausgesprochen schweren Fällen zu tun – Vergewaltiger und Mörder beispielsweise –, aber wenn es dir gelingt, so jemanden auch nur ein kleines Stück näher zu Gott zu führen, dann ist das etwas ganz Großartiges, das du mit nichts vergleichen kannst ... da spielen sich Szenen ab, die du dir nicht vorstellen kannst, wenn du sie nicht erlebt hast! Ich sage dir, Stefan – es gibt kein größeres Geschenk als einen Menschen aus seiner tiefen Verzweiflung herauszuholen ...«

Die Sonne hatte sich inzwischen bis zum Horizont gesenkt, und ihre Strahlen fluteten von achtern durch die breiten Fenster der Messe mitten in den Raum hinein. Regelrecht geblendet und gebannt von dem imposanten abendlichen Naturschauspiel erhoben wir uns und gingen nach draußen. Am Heck der Spirit empfing uns ein Flammeninferno, wie wir es beide zwischen Himmel und Meer noch nie erlebt hatten. Das gesamte Universum schien seine letzte Energie und innerste Schönheit in einem einzigen Augenblick dieses untergehenden Tages verströmen zu wollen. Douglas blickte sinnierend auf die von der Schiffsschraube emporgesprudelte, weiß schäumende Gischt hinab und schloss den Tag mit den Worten:

»Passt euch nicht der Denkweise dieser Welt an, sondern erneuert euer Denken im Sinne des Herrn, sagt uns die Bibel. Diesen Prozess wirst du schon bald in dir spüren, Stefan, denn du bist nun wiedergeboren und ein Diener Gottes – Amen!«

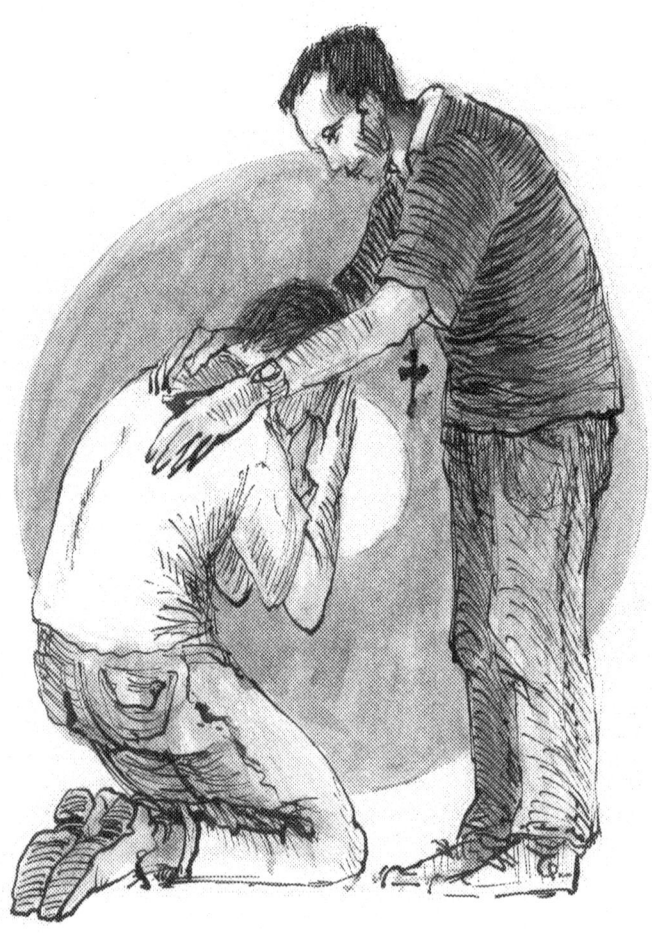

6. Im Schatten des Mondes

»You are a new creation!«, krächzte Jamie und blickte prüfend in die Runde schlaftrunkener Gesichter. Woher mochte dieser Mann um 6.30 Uhr bloß so viel Elan aufbringen?

»Schaut nicht zurück – ihr seid alle durch den Heiligen Geist gerettet!«, rief er der Mannschaft ins Gedächtnis, um das Glaubensleben an Bord offenbar wieder etwas aufpäppeln zu wollen. »Ihr seid nicht länger der ›alte Mensch‹, der der Sünde verfallen war – ihr seid der ›neue Mensch‹ und damit berufen, das Gute zu tun!« In der messhall war es jetzt nicht nur wegen der frühen Stunde mucksmäuschenstill. Jamies Lessons sprühten heute trotz seiner üblichen Stimmlage nur so von Kraft und Autorität. Was der konkrete Anlass seiner Rede war, entzog sich allerdings meiner Kenntnis. Der schnauzbärtige Glaubensführer ließ nun eine Pause einkehren, um seine aufrüttelnden Worte wirken zu lassen, und mahnte dann: »Hört auf, euch selbst und andere dauernd zu entschuldigen und euch im Schlechtsein zu verteidigen! Ihr habt euch zu Jesus bekannt und wollt ihm nachfolgen – also dann verhaltet euch auch so!«

In Praise and Worship wurde heute von unserer Bordband das ›Father in Heaven‹ zum Mitsingen vorgespielt, der einzige Gospelsong, der mir jemals wirklich gefallen hat – von Louis' marternden Tamburineinsätzen einmal abgesehen. Mehr als Mitklatschen war mir hier aber nicht zu entlocken, da mich eingefleischten Europäer das frühmorgendliche Tam-tam nicht so begeistern konnte wie offenbar andere. Dass diese Art amerikanischer – insbesondere mittelamerikanischer – Religionsausübung nicht jedermanns Sache war, wurde dabei jedoch von jemand anderem augenscheinlich demonstriert, nämlich von Peter. Unendlich genervt von dem Verstärker-Getöse hatte sich der arme Kerl – wie jeden Morgen übrigens – am hintersten Tisch ›verschanzt‹ und starrte dort mit griesgrämigem Gesicht und zugehaltenen Ohren durch das Fenster auf die See hinaus. Und das schon seit sechs Jahren – ich musste ihn bewundern ...

Beim anschließenden Briefing der Decksmannschaft wurde das traditionelle Morgengebet diesmal meiner Wenigkeit auferlegt. Da mir kein entsprechender Text auf Englisch geläufig war, gestattete mir Don das ›Vater unser‹ auf Deutsch. Am Ende zeigte sich der Erste Offizier angenehm überrascht: »Ich habe nie gedacht, dass Deutsch so eine schöne Sprache ist!«

Nach einer Feueralarm-Übung und einer Müllver-brennungsaktion auf dem Achterdeck widmeten wir uns dann dem vorläufig letzten Teil unserer Instandsetzungsarbeiten, dem Streichen des Schiffskörpers. Weiß, blau und grau sollte die Spirit an den entrosteten Stellen wieder werden – weiß für die Aufbauten, blau für die Reling und die Bordwand und grau für den Boden. Mike drückte uns Pinsel und Farbtopf in die Hand und wies uns unsere Areale zu. Wer Pech hatte – wie Frank, Dario und Walter –, der musste sich im Klettergurt entweder vom Topdeck aus zur Vorderwand des Deckshauses abseilen oder das Gleiche von einem der Masten aus entlang der Außenbordwand – also über der rauschenden See – tun. Wer Glück hatte – wie Jim, Scott, Rick und ich –, der durfte die Reling oder die Wände der Messe und Kabinen streichen – wozu die Einnahme einer ›Normalposition‹ genügte ...

Insgesamt betrachtet war das Pinseln und Pantschen in jedem Falle eine fröhliche Angelegenheit. Jim, Scott und ich unterhielten uns nebenbei über Popmusik, während die Guatemalteken sie pfiffen und trällerten. Es machte einfach Spaß, bei herrlichem Wetter vor dem Hintergrund eines famosen Ozeanpanoramas auf freiem Deck zu stehen und das Schiff mit relativ simplen Mitteln wieder zum Glänzen zu bringen. Der zarte Hector setzte noch eins drauf, indem er auf die Vorderseite des Deckshauses quasi als Wappentier der Spirit eine hellblaue Friedenstaube aufmalte – ein wahres Kunstwerk angesichts der ständig schwankenden Arbeitsplattform ...

Als weniger spaßig hingegen entpuppte sich das Streichen des Bodens. Hierfür wurde in einer leeren Öltonne eine Teermasse angerührt, die dann mit Handeimern abgeschöpft und über die gesamte Decksfläche ausgeschüttet wurde. Mittels langstieliger Gummischaber verstrich man den blubbrigen, grauschwarzen Brei gleichmäßig in alle Ecken und Enden, um ihn dann über Nacht antrocknen zu lassen. Das Auftragen der Schlacke zeigte sich dabei weniger anstrengend als das langwierige Anrühren derselben – insbesondere dann, wenn der zähen Paste wieder einmal zu wenig Flüssigkeit beigemengt war. In einem solchen Fall wurde das Umrühren zur reinsten Muskeltortur, weshalb dann meistens Jim für diesen Job herhalten musste. Bildeten sich nach dem Aufstreichen aber auch dann noch Blasen, Brösel oder gar Klumpen, musste der unfertige Teig wieder vom Decksboden abgelöst und die ganze Prozedur von vorn gestartet werden ...

Als Jamie am darauf folgenden Tag unsere Malerarbeiten begutachtete, fiel ihm an einer Kante im Heckbereich eine unebene Stelle auf. Er klopfte ein wenig daran, und prompt bröckelte der frische Anstrich komplett wieder ab.

»The old man underneath – ›der alte Mensch‹ darunter ...«, konnte ich mir als ironische Anspielung auf die morgendlichen Lessons nicht verkneifen. Jamie musste hierauf süffisant lächeln und sagte in die Runde der Deckhands:

»Was ihr gestern gemacht habt, ist reine Kosmetik, Jungs! Ihr habt nämlich vollständig das Grundieren vergessen ...«

Da wohl keinem von uns die Betonung des Wortes ›vergessen‹ entgangen war, blickten wir allesamt wie unartige Schuljungen betreten in der Gegend herum. Mike bekam einen roten Kopf, räusperte sich, unterdrückte aber diesmal den obligatorischen Spuckstrahl über die Reling.

»Schon gut, Jungs!«, beschwichtigte der ›Schweizer‹ wieder, »beachtet dies einfach beim nächsten Mal! Wird schon einigermaßen halten, das Ganze ...«

Damit verließ er das Achterdeck, und wir atmeten erleichtert auf ...

Die Spirit war nun seit etwa einer Woche auf dem Pazifik parallel zur mexikanischen Küste unterwegs, als Don eines Tages beim Frühstück Folgendes bekannt gab:

»Liebe Crew-Mitglieder, liebe Brüder und Schwestern! Ich freue mich, euch mitteilen zu können, dass wir heute Mittag, etwa zwischen 12.00 und 13.00 Uhr – vorausgesetzt, das Wetter bleibt so, wie es ist –, Zeugen eines der letzten großen Himmelsereignisse in diesem Jahrtausend sein werden, nämlich einer totalen Sonnenfinsternis!«

Raunen und Staunen machten sich unter den Zuhörern breit.

»Dabei geschieht nichts anderes«, fuhr der Erste Offizier fort, »als dass sich der Mond komplett zwischen Erde und Sonne schiebt und damit die Sonne verdunkelt. Das heißt also, es wird mitten am Tag düster und vermutlich ein paar Grad kühler werden! Doch keine Angst – der Schatten des Mondes, in dessen Kern wir uns nach meinen Berechnungen haargenau befinden werden, hat nur einen Durchmesser von etwa 250 Kilometern und wandert sehr schnell – er wird uns in wenigen Minuten passiert haben. Aber Achtung: wegen der gefährlichen UV-Strahlung niemals direkt hinaufsehen – auch nicht in den hellen Kranz um den Mond herum! Wir werden kurz vor Mittag auf dem Oberdeck kleine Kunststoff-Gucker verteilen, damit ihr die Finsternis ohne Schaden getrost ins Visier nehmen könnt!«

Als es dann auf Mittag zuging, war das Topdeck gerammelt voll. Jeder, der nicht gerade unaufschiebbaren Tätigkeiten nachzugehen hatte, war anwesend. Alle lugten sie durch Dons viereckige Plastik-Monokels zum hellblauen, wolkenlosen Himmel empor und harrten der Dinge, die da kommen sollten. Und dann kam was. Etwa gegen 12.30 Uhr. Es schien die grellen Strahlen der Sonne auf einer Seite ablenken zu wollen, indem es dem Leben spendenden Stern an dieser Stelle eine schwarze ›Delle‹ verpasste. Die Delle drängte sich unaufhaltsam vor, bis sie schließlich zu einer großen, schwarzen Scheibe anwuchs, die dem gleißenden Himmelskörper nun schon eine gehörige Portion seiner Leuchtkraft stahl. Je mehr sich diese Scheibe vorschob, desto dämmriger wurde es. Auch die Lufttemperatur nahm – wie angekündigt – leicht ab. Schließlich setzte sich das schwarze Loch vollkommen in den Mittelpunkt unseres Zentralgestirns und ließ dieses nur noch kronenartig goldgelb von hinten hervorschimmern. Tiefe Mystik befiel die Erdoberfläche in diesen Minuten.

»Giek!«, gab Scott von sich, wie er es immer tat, wenn er etwas beschreiben wollte, wofür er keine Worte fand, und aus vielen Kehlen erscholl das »Hallelujah«.

Es war in der Tat faszinierend. Sogar die See schien auf diese außergewöhnliche astronomische Konstellation zu reagieren, schien ›spitzer‹ und ›quirliger‹ werden zu wollen, während sie andererseits zunehmend matt und grau wirkte. Die gesamte Natur verfiel in eine Stimmung, wie sie etwa eine halbe Stunde nach Sonnenuntergang charakteristisch ist. Doch noch bevor die Nacht sich entschieden hatte, endgültig hereinzubrechen – was die marine Tier- und Pflanzenwelt möglicherweise vor unlösbare biologische Probleme gestellt hätte –, begann der unheimliche schwarze Fleck sich langsam aber stetig aus der Mitte der Sonne wegzubewegen und damit wieder Raum für unsere himmlische Lichtquelle zu schaffen. Gleichzeitig erwärmte sich jetzt auch die Luft wieder spürbar. Schließlich verabschiedete sich die dunkle Scheibe so, wie sie gekommen war und verlor sich im Blau des Himmels. Unter heftigem Applaus der Crew wurde es gegen 13.00 Uhr wieder hell an Bord der Spirit. Die ›kosmische Ordnung‹ war wieder hergestellt ...

»Was?«, schrie ich erneut, da ich in dem Gelärme der Motoren nach wie vor kein Wort verstanden hatte von dem Gebrabbel unseres Chefmaschinisten. Frank stand daneben und kapierte auch nichts. Erst als Mike überdeutlich an seinen Ohren herumfuchtelte, begriff ich, dass er uns zum Tragen des Gehörschutzes auffordern wollte – eine Maßnahme, die sich im Maschinenraum von selbst verstand und die wir natürlich auch ohne seinen Hinweis beachtet hätten. Zum ersten Mal war ich als Wache eingeteilt worden, und Frank hatte die Aufgabe, mich entsprechend einzuweisen.

»Er meint, wir sollen die ›Micky-Mäuse‹ aufsetzen!«, brüllte mich Frank an.

»Ich hab's gecheckt!«, plärrte ich zurück und zog mir eins von den klobigen Dingern über die Lauscher. Frank zeigte mir nun die verschiedenen Armaturen und erläuterte, welche Werte abzulesen und ins Wachbuch einzutragen waren, und vor allem, in welchen Pegeln sich die

Kontrollzeiger bewegen durften. Das wirklich Belastende an dieser Tätigkeit bestand jedoch hauptsächlich in der lebensfeindlichen Umgebung, der man hierbei ausgesetzt war. Neben Hitze und Lärm waren es aber auch die Langeweile und das Alleinsein, die in diesem entmenschlichten Labyrinth aus vibrierender Technik auf Dauer ganz schön zermürben konnten. Der Vorteil des Wachdienstes wiederum bestand darin, dass man vom ›normalen‹ Schiffsbetrieb teilweise abgekoppelt war und somit in den freien Stunden genug Muße fand, sich auszuruhen, mit sich selbst zu beschäftigen und das Bordleben einmal aus einer ganz anderen Perspektive zu erleben. Was mich betrifft, so ging ich in dieser Zeit am liebsten nach vorne zum Bug, um Ausschau nach Meerestieren zu halten oder aber ich guckte dem Steuermann auf der Brücke ein wenig über die Schulter. Ron, der etwa 25-jährige, blonde, sommerbesprosste Sohn von Don Tipton stand diesmal am Ruder. Es sah alles in allem nicht besonders schwierig aus, wie er das hölzerne Rad mal etwas nach Steuer-, dann wieder nach Backbord drehte und gelegentlich einen Blick auf den Kompass warf.

»Bist du beruflich Steuermann?«, fragte ich ihn.

»Nein, nein – nur Ruderwache!«, antwortete er, »was bedeutet, dass ich von Navigation und schwierigen Manövern keine Ahnung haben muss – dies ist Sache des ›echten‹ Steuermanns. Als Rudergast musst du ›nur‹ den Kurs auf offener See halten – was manchmal allerdings auch nicht ganz so einfach ist ...«

Da kamen Peter und der Erste Offizier auf die Brücke, kontrollierten die Instrumente und hörten den Funk ab.

»Alles Routine«, sagte Peter zu mir, öffnete eines der Backbordfenster und beobachtete mit einem Fernglas die See.

»Land!!« Dieser plötzlich von ihm ausgestoßene Schrei entfesselte die gesamte Mannschaft. Alle stürzten zur Backbordseite der Spirit und stierten aufs Meer hinaus. Und tatsächlich – auf der Horizontlinie klebte ein schmaler, grauer Streifen, der sich nicht mehr von der Stelle rühren wollte. »Das muss Guatemala sein!«, rief Peter zur Crew hinunter, und Don nickte.

»Jetzt geht's in den Dschungel, yeah!«, eiferte der gerade vom Top-Deck herabtrampelnde Schiffszimmermann Gordon und schnitt eine Furcht erregende Söldner-Fratze, die hervorragend zu seinen tief liegenden Augen, den eingefallenen Wangen und den sehnigen, tätowierten Armen passte. »Auf der Jagd nach ›Predator‹ ...«, schob er in Anspielung an den gleichnamigen Schwarzenegger-Film theatralisch-grimmig nach, zupfte mit den knöchernen Fingern das rote Stirnband zurecht und begab sich – von nun an lautlos schleichend – weiter die Treppe hinab.

»Daraus wird wohl nichts werden«, kommentierte der Erste Offizier schmunzelnd, «denn wir werden nur kurz vor Anker gehen, um ein paar Guatemalteken ›auszutauschen‹ ...«

»Also kein Abladen?«, fragte ich.

»Nein – und auch kein Landgang! Es ist nur die Zeit für einige Jungs an Bord abgelaufen, und sie gehen in die Heimat zurück, während wir ein paar ›Neue‹ von dort aufnehmen ...«
Die Konturen der zentralamerikanischen Küste traten indes immer deutlicher hervor. Bald schon konnte man von Bord aus die ockergelbe Linie des Sandstrandes und darüber das grüne Band des Urwalds mit gebirgsartigen Silhouetten im Hintergrund erkennen. Gleichzeitig schien das tropische Klima mit jeder Meile, die wir dem Festland entgegenstampften, an Wärme und Feuchtigkeit noch weiter zuzunehmen.

»Gefällt dir Guatemala?«, wollte Manuel von mir wissen, und es konnte sich nur um eine Suggestiv-Frage handeln, denn was außer ›fantastisch‹ hätte ich bei diesem Anblick, der sich dort vor uns auftat, antworten können: Dichte Regenwolken, vor kurzem noch tief über dem Land hängend, begannen allmählich, sich aufzulösen und zwei stumpfartige Erhebungen preiszugeben, die sich bis jetzt schemenhaft hinter ihnen verborgen hatten. Ein ›Zwillingspaar‹ dunkelbrauner Vulkankegel entschleierte sich da vor unseren Augen, würdevoll und mystisch über dem dampfenden Dschungel und einer darin eingebetteten kiesfarben schimmernden Kleinstadt thronend. Einzelne weiße Fetzen der gerade zerstobenen Wolkenwand hafteten noch, wie von unsichtbarer Hand fixiert, zwischen den beiden Bergrümpfen und verliehen der märchenhaften Szenerie zusätzlich den Zauber eines surrealen Gemäldes. Und wenn ich mich noch recht entsinne, glaube ich sogar, über einem der beiden Krater so etwas wie Rauchschwaden ausgemacht zu haben ...

Als wir uns bis auf etwa eine Meile der Küste genähert hatten, wurden die Maschinen gedrosselt und schließlich ganz gestoppt. Während der Frachter nun gemütlich vor sich hin schunkelte, schickten wir Deckhands uns an, den Anker zu werfen. Wie diese Prozedur vonstatten ging, kann ich heute nicht mehr im Detail wiederholen, doch erinnere ich mich, dass an der Ankerrolle gekurbelt und in gewissen Abständen eine Sperre für die herabrasselnden, massigen Kettenglieder ausgelöst werden musste. Die Schwierigkeit des Ankerns eines technologisch völlig überholten Schiffes bestand dabei offenbar in der Abstimmung von maschinellen und manuellen Abläufen. So kommunizierten der Erste Offizier auf der Brücke und der Bootsmann am Bug via Sprechfunkgerät und Handzeichen unaufhörlich miteinander, um das ›Manöver‹ möglichst reibungslos über die Bühne zu kriegen. Einmal jedoch wurde besagte Sperre, d. h. ein stählerner Haken, zu früh aus der Öse gezogen, wodurch die tonnenschwere Kette klirrend und polternd um eben diesen Abschnitt in die Tiefe gerissen wurde. Bootsmann Mike war es gerade noch gelungen, seine Hand zurückzuziehen, bevor sie von den durchsausenden Stahlringen eingequetscht oder zermalmt worden wäre ...

Kurz und gut – irgendwann einmal setzte der Anker schließlich doch auf dem Meeresgrund auf, die entsprechende Flagge wurde gehisst, und der ›Austausch‹ der Guatemalteken konnte beginnen. Nun kullerten literweise Tränen. Insbesondere einige unserer jüngeren, weiblichen Besatzungsmitglieder stimmten rührige Abschieds-Szenen an, als das guatemaltinische Küstenboot heranpreschte und an die Spirit andockte. Doch alles Schniefen und Schluchzen half nichts – mittels einer Strickleiter kletterten die Neuen an Bord, und die Alten gingen. Die verbleibenden Guatemalteken – darunter Manuel, Frank, Roberto, Walter, Dario und Patrick – nahmen ihre noch etwas schüchternen Landsleute in Empfang, machten sie im Schnellverfahren mit Schiff und Besatzung vertraut und wiesen ihnen ihre Unterkünfte zu. Kurz darauf lichteten wir Anker, nahmen Kurs Süd-Ost und ließen die ›Schatzinsel‹ wieder hinter uns.

Zur würdevollen, offiziellen Begrüßung der Neuankömmlinge gab es heute Abend zum ersten Mal die langersehnten Hamburger und kübelweise Eiskrem – ein wahres Festmahl nach dem tagelangen Verzehr von Tortillas, Bohnen, Broccoli und Hähnchenkeulen ...

»Das muss die Insel sein, auf der sich Ende der 70-er Jahre der legendäre Somoza verschanzt hat!«, rief Peter begeistert und lehnte sich über die Reling, als ob er den wilden Fleck Land, der da gerade an der Spirit vorbeizog, ins Schlepptau nehmen wollte. Wir hatten über Nacht den Unruheherd El Salvador passiert und liefen nun Nicaragua, das größte der zentralamerikanischen Länder, an. An Deck herrschte wieder Hochbetrieb, die Vorkehrungen zum Anlanden mussten getroffen werden, so z.B. Taue ausgelegt und mit so genannten ›Wurfbällen‹ verknüpft werden. Es blieb kaum Zeit, den zerfurchten, wildverwachsenen Strand und die von der Uferböschung rankenden Palmen zu bewundern, die da wie eine Filmdrehwand an uns vorüberstrichen. Der Steuermann hatte angesichts der engen, gewundenen Bucht hochkonzentrierte Arbeit zu leisten, sollten dem Schiff nicht die zahlreichen Untiefen zum Verhängnis werden ...

Das Hafenbecken mit seiner üppigen tropischen Flora und Fauna ringsherum gewährte nur wenig Einblick in die angrenzende Ortschaft, wohl aber erlaubten die windigen Bretterbuden und allerlei abgehalfterte Utensilien am Pier gewisse Rückschlüsse auf den Zustand dieses Landes. Etwa zwei Dutzend dunkelhäutige Menschen empfingen uns am Kai – zur Hälfte Männer in Arbeitsklamotten, d.h. in zerrissenen Jeans und Hemden, zur anderen Hälfte junge, schwarzhaarige Frauen in schneeweißen Kleidern. Etwas abseits von ihnen stand das einzige ›Bleichgesicht‹ weit und breit – ein korpulenter Herr, der uns nur zu gut bekannt war. Don Tipton hatte sein Versprechen gehalten und war uns mit dem Flugzeug bis in den Dschungel gefolgt ...

Als der Steuermann das Schiff bis auf wenige Meter an die Kaiwand herangeführt hatte, schleuderten Walter und Franco vom Bug und Heck aus die ›Wurfbälle‹ an Land, wo sie von Don Tipton und einigen Helfern aufgegriffen wurden. Die etwa tennisballgroßen, mit einem Gewicht gefüllten Ledersäckchen hingen an langen, dünnen Seilen, die wiederum an den dicken Schiffstauen befestigt waren. Wurfbälle und Seile dienten dazu, die schwerfälligen Taue ohne weitere Komplikationen und körperliche Anstrengung an Land nachzuziehen.

»Gebt Acht, Jungs, dass die Taue nicht ins Wasser fallen!«, mahnte uns der Erste Offizier von der Brücke aus, »denn dann sind sie erstens doppelt so schwer und zweitens bald kaputt!«

Genau dieser Vorgang aber hatte es in sich. Wurde beispielsweise das Bug-Tau zu schnell am Poller befestigt oder zu kurz bzw. zu straff gehalten, begann das Heck des Schiffes auszuscheren. Dementsprechend musste achtern wieder Tau nachgegeben werden. Pendelte dann aber das Heck – nach Einsatz des Motors oder durch Festbinden des Taus – wieder zur Kaimauer zurück, verlor der zentnerschwere Hanf sofort wieder an Spannung und drohte bis zur Wasseroberfläche abzusacken. Es bedurfte daher eines ständigen, zähen Wechselspiels zwischen ›Pull‹- und ›Slack‹-Kommandos – Anziehen und Loslassen – , ehe alle vier Taue in der richtigen Reihenfolge und in der richtigen Spannung an Land fixiert waren. Mike spie in der Gegend herum wie schon lange nicht mehr ...

Nachdem wir die nicaraguanischen Zollbeamten und Don Tipton an Bord gelassen hatten, ließen wir erst einmal den exotischen Flair dieser Umgebung auf uns einwirken und warteten auf das Kommando zum Abladen. Doch dieses Kommando kam nicht. Stattdessen kamen die gut gelaunten einheimischen Hafenarbeiter und ›enterten‹ nacheinander das Vorderschiff.

»What the hell are they doing?!«, entsetzte sich Mike mit ungläubiger Miene, und noch ehe er wusste, wie ihm geschah, bemächtigten sich die Dunkelhäutigen des Objekts ihrer Begierde, nämlich unserer Farbspraydosen! Wie wild fingen sie nun an, sich gegenseitig die Gummistiefel damit zu besprühen, und Mike, Rick, Gordon und Jim konnten sich wohl nicht so recht entscheiden, ob sie nun eingreifen oder den Ulk mitmachen sollten.

»Lasst sie nur, Männer!«, besänftigte uns da Don Tipton vom Fenster der Brücke aus. »Dafür haben sie soeben versprochen, das gesamte Abladen zu übernehmen! Wie findet ihr das?« Wir jauchzten wie die Kinder. Damit, dass gerade die Nicaraguaner uns die Arbeit abnehmen würden, hatte nun wirklich keiner gerechnet. Unseren erschöpften Gliedern konnte das nur gut tun.

Die Kameraden aus dem armen Urwaldstaat waren indessen von den Aluflaschen gar nicht mehr zu trennen und übertrafen sich gegenseitig im ungestümen Kolorieren ihrer Stiefel. Nach dem Ende der Graffiti-Orgie aber schwangen sich die ›Nics‹ ohne weitere Verzögerung auf Gabelstapler und Kräne und machten sich an die Arbeit. Auch wenn sämtliche Paletten bereits ›serviert‹ an Deck standen und somit nicht mehr mühsam und Zeit raubend aus den holes geschafft werden mussten, staunten wir dennoch über die Geschicklichkeit und Geschwindigkeit, mit der unsere Spraydosen-Fanatiker beim Abladen des Schiffes vorgingen.

Derweil machte sich so mancher der Unsrigen auf die Pirsch nach den weiß gekleideten Schönheiten, die mittlerweile ebenfalls die Planken der Spirit betreten hatten, um sich ›das Schiff‹ zeigen zu lassen. Doch um keine unkeuschen Gedanken aufkommen zu lassen und jedes unzüchtige Begehren gleich im Keim zu ersticken, hatten wir ja gottlob unseren Sittenwächter Patrick. Sobald sich ein Deckhand in eine gewisse Nähe zu einer der rassigen Besucherinnen begab, schob sich der ehrwürdige kleine Guatemalteke tapfer dazwischen und sorgte dafür, dass nur über Sachliches geredet und keiner seiner Brüder je in Versuchung geführt wurde. Ob er dabei vielleicht selbst bestimmte Absichten ... ? Aber nein, werter Leser, werte Leserin, an so etwas dürfen wir nicht einmal denken!

7. Das ›Wunder‹ von Panama

Waren die Seefahrer der ›guten alten Zeit‹ noch dazu verdammt, das sagenumwobene, sturmgepeitschte Kap Hoorn am äußersten Zipfel Feuerlands gefahrvoll zu umschiffen, wenn sie auf ihren hölzernen Seglern vom Stillen zum Atlantischen Ozean ›überwechseln‹ wollten, so können sich die Seeleute des Industrie-Zeitalters diesen gigantischen Umweg bekanntlich ersparen, indem sie ihre stählernen Kolosse die amerikanische Kontinentalmasse ganz einfach an ihrer schmalsten Stelle auf einer halb künstlichen, halb natürlichen Wasserstraße durchqueren lassen. Dass der moderne Seemann sich bisweilen aber auch hier mit den typischen Nachteilen, die der sog. Fortschritt mit sich bringt und die uns allen aus dem grauen Alltag leidlich bekannt sind, konfrontiert sieht, scheint gelegentlich in Vergessenheit zu geraten ...

So hatten wir – nach problemloser, 12-tägiger Reise auf einem tatsächlich Stillen Ozean – endlich den Golf von Panama erreicht, als uns schon bald dämmerte, dass mit einer Durchfahrung der ökonomisch und politisch bedeutungsvollen Landbrücke zwischen Nord- und Südamerika wohl nicht so schnell gerechnet werden konnte. Denn die Spirit war beileibe nicht das einzige Schiff, welches das legendäre, erst zwei Jahre zuvor durch US-Truppen von Drogenboss Noriega befreite, 82 km lange Nadelöhr passieren wollte. Mindestens ein Dutzend weiterer Frachter und Tanker verharrte in regungsloser Position vor der Kanalmündung, teilweise mit gesetztem Anker.

»Stau – so ein Mist!«, fluchte Peter und blickte sorgenvoll auf all unsere Nachbarn. »Ich denke, wir werden etwas warten müssen ...«

In der Tat wurden schon bald die Maschinen gestoppt, und Don Tipton, der uns von Nicaragua bis hierher an Bord begleitet hatte, nahm sogleich Funkverkehr mit den Behörden auf. Es stellte sich heraus, dass der Panama-Kanal überlastet war und es möglicherweise Stunden, wenn nicht Tage, dauern konnte, bis wir ihn befahren durften. Was uns aber zusätzlich mindestens genauso belastete, war der Preis, den man für die

Passage von uns forderte. 10.000 Dollar war nicht nur eine Summe, die uns etwas ›überhöht‹ erschien, sondern vor allem ein Betrag, der uns nicht zur Verfügung stand ...

»Was passiert jetzt?«, fragte ich Peter.

»Keine Ahnung«, antwortete der, »ich weiß auch nicht, was da auf der Brücke vor sich geht. Möglicherweise wird Don Tipton versuchen, mit den Beamten zu verhandeln. Irgendwie müssen wir uns ja jetzt was einfallen lassen ...«

In der Zwischenzeit begann die Crew, sich mit Hilfe einer gewissen Beschäftigungstherapie mental über Wasser zu halten und auf eine längere Wartezeit unter nahezu unerträglichen Temperaturen einzustellen. So setzte man sich in die schattige messhall oder den kühlen Unterrichtsraum unter Deck und spielte Schach oder Monopoly oder man schrieb – wie ich – Briefe in die Heimat. Einen ganz besonderen Zeitvertreib hatte sich Paddy, die Mutter der Verlobten von Mike, einfallen lassen. Als gelernte Friseurin bot die Amerikanerin jedem Besatzungsmitglied die Fertigung eines ›Sommerhaarschnitts‹ an – eine Maßnahme, die angesichts des hier herrschenden Treibhausklimas nicht nur zum persönlichen Wohlbefinden, sondern auch zur allgemeinen Hygiene und Gesundheitsvorsorge an Bord beitrug. Auch ich reihte mich schließlich unter die ›Opfer‹ der großen Meisterin, nachdem einige ihrer ›Endprodukte‹ in noch durchaus respektablem Zustand an mir vorbeigegangen waren ...

Als ich nach erfolgter Schur in eine menschenleere Messe zurückkehrte, um mich wieder meinen Briefen zu widmen, sah ich dort über einem Stuhl eine Jacke hängen. Sie war übersät von Stickern mit den verschiedensten Logos. Ich ging in die Hocke und las die Aufschriften. ›Freiwillige Feuerwehr‹ stand da zum Beispiel und irgendetwas von ›Wasserwacht‹, ›Wildlife-Ranger‹, ›PWCF‹ und so weiter und so fort. Der Inhaber der Jacke war offensichtlich vielseitig engagiert – nichts schien es zu geben, wo er nicht dabei war oder gar eine Führungsrolle innehatte. Ich forschte weiter an den Abzeichen herum, als ich spürte, wie jemand den Raum betrat. Ein leichtes Zucken durchfuhr mich, als ich mich umblickte und Don Tipton wahrnahm. Er tat so, als hätte er mich nicht gesehen, schlappte mit rötlich-verschwitztem Gesicht zu einem der Tische am Fenster und ließ sich müde in die Sitzbank fallen. Wie zufällig drehte er dann den Kopf zu mir herüber und begann mit den Worten:

»Bloody hot, isn't it?!«

»Yeah, it is!«, antwortete ich und erhob mich schnell wieder.

»Setz dich her und ruh dich ein bisschen aus!«, bot er an und machte eine entsprechende Handbewegung. Ich setzte mich auf die Bank gegenüber.

»Hast du schon nach Deutschland geschrieben?«

»Bin gerade noch dabei.«

»Gut! Wenn du fertig bist, kannst du mir die Briefe dann gleich mitgeben. Ich gehe ja in Panama wieder an Land – so Gott will …«
Ich nickte, warf dann einen Blick auf die Jacke am Stuhl und raffte mich zu einer Frage auf, die er wohl schon erwartet hatte:

»Was bedeutet eigentlich PWCF?«

»Parkwest Childrens' Fund – ein Spendenfonds zu Gunsten Not leidender Kinder. Die arbeiten eng mit unserer Gemeinde zusammen«, erklärte er. Dann holte der Beleibte etwas Luft und sagte:

»Stefan, ich will eine ›militante‹ Truppe, die sich mit ganzem Herzen und ganzer Kraft dafür einsetzt, Jesus Christus zu verkünden! Glaub mir, am liebsten würde ich auf einem weißen Ross durch die Welt galoppieren und mit der Fahne in der einen und dem Schwert in der anderen Hand für die Sache des Herrn kämpfen! Ich weiß, dass ihr Europäer eine ganz andere Vorstellung vom Glauben habt als wir. Ihr geht intellektuell an die Sache ran – mehr mit dem Kopf, weniger mit dem Herzen. Gott aber will unsere Herzen und verlangt von uns konkrete, praktische Umsetzung seiner Gebote und seines Auftrags an die Menschheit – mit anderen Worten: Taten aus dem Glauben, nicht Gedanken über den Glauben!«

Das saß. Irgendwie konnte und wollte ich dem Mann in seiner Kernaussage nicht widersprechen.

»Du kannst dir gar nicht vorstellen, welche Mühe es gekostet hat, diesen uralten Kahn wieder flottzumachen!«, fuhr er fort. »Ich habe den Pott vor sechs Jahren auf einem Schiffsfriedhof entdeckt und ihn gekauft, obwohl mir alle davon abrieten. Jedermann prognostizierte damals, dass das Ding vor lauter Rost und Löchern wie ein Stein sinken würde, sobald es wieder im Wasser sei! Pah – von wegen! Nachdem wir den Rumpf von Tauchern begutachten ließen, mussten die Fachleute zu unserer und ihrer eigenen Verwunderung feststellen, dass er im Gegensatz zu den Aufbauten nahezu makellos war! Kannst du dir das vorstellen – bei einem 40 Jahre alten Schiff?! Ich könnte es bis heute nicht, wenn ich es nicht selbst erlebt hätte ... und so ging das weiter mit der Spirit – jeden Tag. Immer wenn wir glaubten, wir schaffen es nicht mehr mit der Wiederinstandsetzung, kam von irgendwoher Geld, fachmännischer Rat oder gar kostenlose Mitarbeit. Ich sage dir, Gott hat schon viele Zeichen und Wunder getan mit diesem Schiff und auf diesem Schiff ...«

Da kam steuerbords ein Zollboot herangefahren.

»Stefan, könntest du bitte schnell das Fallreep zu Wasser lassen?!«, musste sich Don Tipton nun unterbrechen, »ich schick dir gleich ein paar Leute, um die Herren in Empfang zu nehmen ...« Damit richtete er sich auf und eilte in den Gang, während ich mich nach draußen begab, um die Ankunft unserer Gäste vorzubereiten.

Kaum waren die dunkelhäutigen, pockennarbigen Besucher an Bord geklettert und mit der Schiffsführung im Briefing-Room verschwunden, konnte man förmlich die Spannung unter der Besatzung spüren. Würden wir unsere Reise nun fortsetzen können? Hatten wir das Geld für den Kanal oder müssten wir gar um Kap Hoorn fahren?

Nach einiger Zeit unerträglichen Wartens trippelten die Panamaer wieder aus dem Deckshaus, kraxelten über die Strickleiter die Bordwand hinab und brausten mit ihrem Boot davon, wie sie gekommen waren. Gleichzeitig wurde die gesamte Crew in die Messe gebeten, wo ein gelöster Don Tipton am Rednerpult stand und Folgendes verkündete:

»Liebe Brüder und Schwestern, ich bin sehr glücklich, euch mitteilen zu können, dass der geforderte Geldbetrag offenbar von irgendwoher gezahlt worden ist! Ich habe selbst keine Ahnung, von wem ... ich kann euch nur sagen, dass uns die Panamaer den Eingang des Geldes bestätigt haben und dass ...« Don Tipton wurde jetzt von Hallelujahs und Hosiannahs nur so überschwemmt, sodass er kurze Zeit aussetzen musste, bevor er weitersprechen konnte.

»Und dass sie uns – wegen unserer christlichen Mission – die Erlaubnis zur sofortigen Befahrung des Kanals erteilen!« Don Tipton wischte sich den Schweiß von der Stirn.

»Das heißt, wir sind die nächsten?«, fragte Scott.

»Wir sind die nächsten!«

Da wurde erneut gejubelt, und einige murmelten etwas von ›Wonder‹ und ›Miracle‹.

»Also, Leute«, ergriff jetzt wieder Don Tipton das Wort, »begebt euch wieder auf eure Posten, denn gleich geht's weiter in Richtung Atlantik! Und wenn das Wetter mitspielt, werden wir in der Karibik eine kleine Badepause von ein bis zwei Tagen einlegen!« Das kam an. Die Crew klatschte und pfiff, was das Zeug hielt ...

Kurz darauf setzte das Brummen der Motoren ein, die Schiffsschraube fing wieder an, Wasserschwälle hochzupressen, und innerhalb weniger Minuten überholte die Spirit alle anderen vor dem Kanal ›parkenden‹ Schiffe. An der Mündung erwartete uns ein Schlepper, der uns bis zur ersten Schleuse bei Balboa zog und Don Tipton mit einem Haufen Kuverts unter dem Arm an Land absetzte. Vor Öffnung der Kanalschleusen öffneten sich aber erst noch die Himmelsschleusen, und eine wahre Sintflut ergoss sich über den Golf. Endlich. Nach zwei Wochen Trockenheit. Obwohl man vor lauter Geprassel keine fünf Meter weit mehr sehen konnte, stürmte die gesamte Mannschaft an Deck, um die wenigstens halbwegs kühle Dusche zur Genüge auszukosten. Selbst Doc Roy hatte aus diesem Anlass seinen Funkraum – äh, seine Praxis – verlassen und überantwortete sich mitsamt Base-Cap und Desert-Storm-T-shirt Petrus. Die Guatemalteken begleiteten ihr Bad an Deck mit kräftigem Gesang, während Peter – geistesgegenwärtig wie immer – einige Behälter und Tonnen zusammensuchte, um damit unseren Süßwasservorrat aufzustocken.

Doch schon näherte sich die Spirit den stählernen Toren des Jahrhundertbauwerks. Wir Deckhands hatten uns jetzt hurtig an Bug und Heck einzufinden und die Taue vorzubereiten. Der Erste Offizier führte das Schiff bis auf wenige Meter an die Schleusenwand heran, wir warfen die Trossen an Land, und die Schleusenwärter wickelten sie mit wenigen Schwüngen um die Poller. Danach hüpfte ein Lotse an Bord, um den ordnungsgemäßen Schiffsbetrieb im Schleusenbereich zu überwachen und die Spirit durch den engen Kanal zu steuern. Nachdem die monströsen Klappen hinter uns geschlossen waren, pumpten gigantische Turbinen innerhalb kürzester Zeit unvorstellbare Wassermassen unter den Rumpf unseres Schiffes, sodass wir uns innerhalb weniger Minuten auf der Höhe des Kanals befanden. Nun konnte das Schleusentor vor uns geöffnet, die Taue wieder eingezogen und die Spirit in die wohl bekannteste aller Wasserstraßen entlassen werden.

»Was hältst du eigentlich von unserem ›Wunder‹ mit dem Geld?«, fragte ich Peter, als wir beide an der Bugreling lehnten und – auf Anweisung des Ersten Offiziers – den Verlauf des Kanals beobachteten.

»Ich weiß nicht ...«, antwortete er nachdenklich. »Nicht selten wird ein Ereignis, das sich durchaus ganz sachlich begründen lässt, zum Wunder hochstilisiert, und es gibt immer einige Leute, die auf so etwas nur so zu warten scheinen. Andererseits geschehen aber immer wieder Dinge, die sich rational tatsächlich nicht erklären lassen und zu denen nicht einmal Begriffe wie Glück oder Zufall passen, nicht wahr?« Er sah mich an, und es war offensichtlich, worauf er anspielte.

»Aber eigentlich ist es doch ganz egal, ob das mit den 10.000 Dollar nun ein ›richtiges‹ Wunder war oder nicht«, fuhr der Weizenblonde fort, »denn entscheidend ist doch nur, dass wir von irgendetwas oder von irgendjemand in die Lage versetzt wurden, den Kanal passieren zu können! Selbst wenn es die Gemeinde oder irgendeine vermögende Einzelperson gewesen sein sollte, die das Geld in letzter Minute bereitgestellt hat, oder die panamaischen Beamten, indem sie ganz einfach beide Augen zugedrückt haben – in jedem Fall hat irgendjemand sein Herz geöffnet, um unsere Mission nicht scheitern zu lassen ...«

»... Und wenn jemand nach dem Herzen handelt, führt er Gottes Willen aus – Wunder genug, oder?!«

»So könnte man es sagen. Es ist wirklich verrückt, Stefan, und du kannst es vielleicht nicht glauben, aber immer wenn die Leute erfahren, was wir hier tun auf diesem Schiff, lassen sie uns überall durch ...«

»Krokodile!«, schallte es plötzlich vom Heck her. Wie elektrisiert blickten wir allesamt erst nach achtern und dann nach Steuerbord – hinüber zu den bemoosten, halb verrotteten Baumleichen im Uferschlamm.

»Siehst du was?«, fragte mich Jim, der sich mittlerweile zu uns an die Reling gesellt hatte, mit einer Stimme, als ob er seltene Paradiesvögel nicht verscheuchen wollte. Ich schüttelte den Kopf, bemühte mich aber redlich, in der einsetzenden Dämmerung etwas Reptilienhaftes dort drüben auszumachen. Da kamen von achtern Frank und Manuel angelaufen.

»Wer hat da was von Krokodilen gebrüllt?«, fragte der Bootsmann unwirsch und unterstrich die Ernsthaftigkeit seiner Frage mit einem feinen Spuckstrahl über die Reling.

»Louis! Das war Louis! Er hat gesagt, dass er zwei Alligatoren gesehen hätte – einen am Ufer und den anderen im Wasser, direkt auf das Schiff zuschwimmend!«, berichtete Frank aufgeregt.

»Jetzt sind's schon nur noch Alligatoren! Und überhaupt: Wieso sieht Louis hinten was, wenn wir hier vorne nichts sehen?!«, stellte Mike als rhetorische Frage in den Raum, die zwar prompt unbeantwortet blieb, jedoch vielsagende Mimik und Gestik auslöste.

»Beruhigt euch, Männer!«, schaltete sich Franco ein. »Das waren wahrscheinlich nur die Baumstümpfe dort drüben! Und selbst wenn es wirklich Krokodile gewesen sein sollten, so glaube ich kaum, dass sie eine senkrechte, vier Meter hohe Stahlwand hinaufkrabbeln würden!« Damit war für den Mexikaner das Thema erledigt und er nahm wieder demonstrativ seine Position als Bugwache ein, worauf alle anderen – murmelnd, aber einsichtig – das Gleiche taten.

»Schade – ich hätte gern mal so 'n Ding in freier Wildbahn gesehen ...«, flüsterte mir Jim zu, »aber ich habe einfach kein Glück – genau wie bei den Frauen!«

Ich blickte ihn fragend an.

»Ich meine, hier auf diesem Schiff gibt es auch keine Frauen, jedenfalls nicht solo und in meiner Altersklasse, verstehst du?! Ach, vielleicht hätte ich doch in Texas bleiben sollen ...«

»Wieso in Texas?«

»Weil ich von dort herkomme und weil da einfach mehr los ist als hier, und die Chancen für mich sicher besser sind, jemanden zu finden!«

»Weshalb bist du dann auf die Spirit gegangen?«

»Ach, das war so 'ne dumme Geschichte ... ich hatte in Texas 'nen Job als Schulbusfahrer – diese komischen, gelben Vehikel, du weißt schon –, und eines Tages baute ich einen Unfall ... nichts Schlimmes eigentlich, aber ich hatte danach einfach kein Vertrauen mehr zu mir selbst, und deswegen habe ich gekündigt! Danach fand ich keinen Job mehr – bis ich über die Kirche irgendwie bei den ›ministries‹ gelandet bin ...«

»Hey, ihr beiden Turteltauben! Wollt ihr mal gute Musik hören?«, unterbrach uns Franco und nahm die Kopfhörer seines Walkman ab. So wie der lebensfrohe Mittelamerikaner dabei mit den Augen zwinkerte, konnte dies nur bedeuten, dass ›weltlicher‹ Pop-Rock aufgelegt sein musste.

»Na gib schon her!«, raunzte Jim und stülpte sich die Headphones über.

»So, der ist erstmal wieder beschäftigt!«, kicherte Franco, als Jim seinen muskulösen Oberkörper im Raver-Takt mitzuwippen begann. Dann wandte sich der ›Mex‹ in vertraulicherem Ton zu mir und sagte: »es ist nämlich an Bord offiziell verboten, solche Musik zu hören – Hardrock, Funk, Rap, und so weiter, – aber ab und zu brauche ich das einfach, Stefanski! Ich glaube nicht, dass ich deswegen ein schlechterer Christ bin als die anderen, oder?!«

»Das denke ich auch nicht ...«

Franco fuhr sich nun mit der Hand durch sein schwarzes Bürstenhaar, als ob er es abschöpfen wollte, und grummelte:

»Es gibt da einfach ein paar Sachen an Bord, die finde ich etwas übertrieben, und vielen anderen geht es da genauso ... ich meine, wir dürfen keine weltliche Musik hören, nicht rauchen, nicht trinken, keine Drogen nehmen und keine Frauen haben, es sei denn, wir sind mit ihnen verheiratet ...«

»Rauchen und Drogen sind nun aber wirklich Mist!«

»Ja, ja, du hast ja Recht, Stefanski! Aber das mit den Mädels ... sag mal, wie gefallen dir eigentlich die zwei Töchter von Don?«

»Hm, nicht schlecht, für mich aber noch ein bisschen zu kindisch, die beiden ...«

»Du sagst es – und genau das ist ja der Punkt auf diesem Schiff«, seufzte der Dunkelhäutige, »die wenigen Mädchen, die wir haben, sind entweder zu jung für unseren Jahrgang oder sie sind bereits vergeben!«

»Kommt mir irgendwie bekannt vor, der Text ... tja, dafür kannst du dir aber auch 'ne Menge Ärger ersparen ...«

»Das stimmt natürlich auch wieder, ha, ha! Aber sag mal, Stefanski – etwas anderes, was ich dich schon immer mal fragen wollte: Wie bist du eigentlich zur Schauspielerei gekommen?«

»Das ist 'ne lange Geschichte, Franco ... aber ich will sie mal verkürzt auf den Punkt bringen: Nach der Schule wusste ich nicht so recht, was ich machen sollte im Leben. Vieles hat mich interessiert, aber doch nichts so, dass ich daraus gleich einen Beruf hätte machen wollen. Irgendwie wollte ich immer etwas ganz Besonderes tun, aber alles, was sich anbot, war mir entweder zu langweilig oder ich habe keinen Sinn darin gesehen. Und so fasste ich dann irgendwann einmal den Entschluss, zum Film zu gehen. Als ich dann mal eine kleine Rolle in einer Fernsehserie bekam, beschloss ich kurzerhand, in eine private Schauspielschule einzutreten ...«

»Und dann?«

»Nach zwei Jahren Unterricht habe ich mir eine Agentur gesucht und auf Angebote gewartet. Doch irgendwie hat es nie so richtig geklappt, das Ganze ...«

»Weshalb nicht?«

»Vermutlich weil ich einfach keine Lust hatte, stundenlang auf irgendwelchen schwachsinnigen Partys rumzuhängen, nur um Beziehungen zu knüpfen! Außerdem wird in Deutschland sowieso relativ wenig gedreht, und so sind die Angebote entsprechend rar.«

»Und daraufhin hast du einfach so nach Hollywood rübergemacht?!«

»Genau, einfach so! Nach zwei Jahren ›Klingelputzen‹ hatte ich nämlich die Nase gestrichen voll von unserer Schauspielszene. Und die amerikanische Art des Filmemachens hat mir sowieso schon immer besser gefallen ...«

»Yeah – ich versteh dich! Aber, Mann, ich glaube, ich könnte das nicht – einfach so verschwinden ...«

»Ach was – halb so wild! Geld sparen, Auto verhökern, Waschmaschine verscherbeln, Versicherungen kündigen, Mietvertrag auflösen, Job beenden, Flug buchen, abmelden – das war's im Prinzip ...«

Aber auch nur im Prinzip. Wenn ich ehrlich sein wollte, hätte ich Franco von den monatelangen inneren Querelen berichten müssen, die der Entscheidung, mein Heimatland zu verlassen, vorausgegangen waren. Schließlich hatte ich meine gesamte Existenz aufs Spiel gesetzt, wenngleich ich nicht viel zu ›verlieren‹ hatte. Aber trotzdem: es war die Entscheidung meines Lebens gewesen und es hatte mich schon einige Überwindung gekostet, sie herbeizuführen und vor allem, sie in die Tat umzusetzen. Denn es ist etwas anderes, in Gedanken durchzuspielen, wie man es wohl am besten anfinge, nach Hollywood ›abzuhauen‹, als es dann tatsächlich zu tun. Erst bei der Ausführung eines derart bizarren Hirngespinstes wird einem nämlich mit Schaudern bewusst, in wie viel große und kleine Abhängigkeiten der heutige Mensch in seiner modernen Arbeits-, Gesellschafts-, Wirtschafts-, und Verwaltungs-Maschinerie verstrickt ist! Der ernsthafte Versuch des leidenden Individuums, sich aus dieser Maschinerie auszuklinken (Gott bewahre!), stiftet zwangsläufig Chaos und Verwirrung. Das Programm des ›Systems‹ versteht solch eine Eingabe nämlich nicht und reagiert daher entweder mit Hilfsanwendungen (»Sie können sich nicht einfach abmelden, wenn sie nach

Amerika reisen – höchstens ummelden!«), error-Meldungen (»Sie würden in unseren Unterlagen dann gar nicht mehr existieren ...«) oder schlichter Daten-Entsorgung (»In diesem Fall fliegen Sie aus der Krankenkasse raus!«), bevor dieser einzelne, kleine, verrückt spielende ›Virus‹ noch die Software infiziert und möglicherweise das gesamte System abstürzen lässt ...

»Und jetzt bist du hier bei uns ...«, resümierte Franco und nickte leicht mit dem Kopf. Nach einer kleinen Pause blickte der Mexikaner zur nächtlichen Milchstraße empor und sagte: »Du wirst ›sein‹ Werkzeug werden, Stefanski ...«

Nach der Durchquerung des großen Gatun-Sees erreichten wir in den frühen Morgenstunden vor der Limon Bay die Schleuse, die uns wieder auf den Meeresspiegel absenkte. Damit durchbrachen wir die letzte Trennwand zwischen Pazifischem und Atlantischem Ozean, um endgültig Kurs auf die ›alte Welt‹ zu nehmen.

Meine Nachtwache war beendet, und ich befand mich gerade auf dem Weg zum Acht-Mann-Deck, als ich im Gang auf Cindy, eine etwa 50-jährige Amerikanerin, traf.

»Hi, Stefan – so spät noch auf?«

»Ja – wegen der Bugwache. Und was ist dein Job?«

»Ich muss in die Kombüse – Brot backen und das Frühstück für die Crew bereiten. Du hast dich gestern mit Don Tipton unterhalten, habe ich gesehen ... interessanter Mensch, nicht wahr?«

»Allerdings ... was weißt du über ihn?«

»Hmm – Don Tipton war ein Mann, der jeden Tag einen Helicopter brauchte, um seine Pferderanch zu überwachen – wenn du verstehst, was ich meine –, bis er sich eines Tages im Spiegel ansah und fragte: Wozu eigentlich das Ganze? Daraufhin sagte ihm eine Stimme von oben, dass er besser in die Welt hinausgehen solle, um die Armen zu speisen und das Evangelium zu verkünden! Das hat sein Leben verändert – oder besser: sein bisheriges beendet ...«

»Also getreu Jesus' Satz: ›Wer sein Leben gewinnen will, der wird es verlieren – und wer sein Leben verliert um meinetwillen, der wird es gewinnen‹ ...«

»Du sagst es! Von diesem Moment an überlegte Don Tipton nur noch, wie er beides zusammen am besten verwirklichen konnte, und dabei kam ihm die Idee mit dem Schiff. Er verließ also seine Farm und machte sich auf die Suche nach einem geeigneten Schiff ...«

»Den Rest kenne ich – wirklich eine faszinierende Geschichte!«

»Ja, das ist sie ... und ich kann dir sagen, dass ich niemanden kenne, der so intensiven Kontakt zu Gott hat wie Don Tipton ... aber sorry, Stefan, ich muss jetzt zu den anderen in die Kombüse – see you!«

»See you soon, Cindy!«

8. Flaschenpost für Castro

Von wegen Badeurlaub in der Karibik! Als ich gegen Mittag durch heftiges Wanken meines Bettes aus dem Schlaf gerissen wurde, war mir schlagartig klar, dass die beschaulichen Tage fürs Erste wohl gezählt waren. Dafür entfiel diesmal das umständliche Herabkraxeln aus den Doppelstockgestellen weitgehend, da man bei entsprechend ›günstiger‹ Seitlage fast automatisch aus der Koje geschmissen wurde. Käsige und stumpfe Gesichter in den Eckbänken der messhall sprachen Bände über den heutigen Zustand der Mannschaft angesichts des nicht mehr ganz so huldvollen Neptun. Die Ersten waren bereits – von Doc Roy entschuldigt – in den Betten verblieben bzw. in dieselben wieder zurückgekehrt, nachdem Steh- und Gehversuche offenbar am mangelhaften Beharrungsvermögen des Mageninhalts gescheitert waren. Andere wiederum standen zwar ihren Mann, allerdings nur in gebeugter Haltung über der Reling ...

»Ich will heute niemanden ohne Schwimmweste an Deck sehen!«, warnte uns der Erste Offizier in aller Deutlichkeit. Und wenn man durch die gischtnassen Fensterscheiben der Brücke in Richtung Vorderschiff blickte, wäre es wohl keinem von uns ernsthaft eingefallen, dieser Aufforderung nicht nachzukommen: Mühsam rammte sich der Bug der Spirit durch die heranrollenden, violetten Wasserberge hindurch, während weißgezackte Wellenkämme mal von vorn, mal von der Seite wild über Deck peitschten.

»Dies alles ist noch kein Sturm, Leute!«, klärte uns der Weißgelockte wohlmeinend auf, schob aber nach: »wenngleich ich zugeben muss, dass es mit unserem kleinen Badeausflug wohl nichts werden wird ...«

»Ich habe die Karibische See noch nie so erlebt«, wunderte sich Peter, »ein solches Szenario hatten wir eigentlich vom Atlantik erwartet!«

»Kommt ja dort vielleicht noch schlimmer ...«, bemerkte Jim düsteren Blickes.

»Wow! Genau das Richtige für ›Predator‹!«, begeisterte sich Gordon und ruppte an seinem Stirnband. »Aber was ist eigentlich mit den Tauen dort unten?«

»Die liegen noch von der Schleuse herum«, antwortete Franco.

»Mike, die Dinger müssen dringend verstaut werden, bevor sie hopps gehen!«, mahnte der Erste Offizier, »kriegt ihr das hin?«

»Ich denke ja«, sagte der Mann mit dem Basecap und dem ruhelosen Blick, und Minuten später fand sich ein kleines Himmelfahrtskommando wagemutiger Deckhands in Schwimmwesten gehüllt auf dem berg- und talfahrenden Vorderdeck wieder, loses Taumaterial bündelnd und zu den Stauräumen im Bug schleifend. Diese ›Räume‹ waren eigentlich nichts weiter als zwei untereinanderliegende, bis obenhin mit Trossen voll gestopfte Löcher, die gerade mal zwei bis drei Personen einen kurzweiligen Aufenthalt in gebückter ›Haltung‹ gestatteten. Jim und ich ließen uns durch eine schmale Luke in das dunkle, stickige Verlies unter Deck hinab und krochen – auf der verzweifelten Suche nach dem Lichtschalter – wie ein Paar blinder Erdferkel auf den Hanfmassen herum. Erst als Jim sich den Schädel an der Lampenhalterung stieß, fanden wir schließlich auch den dazugehörigen Schalter. Wir gaben ein Zeichen nach oben, und Manuel, Frank, Dario und Walter begannen, die Taue Meter um Meter zu uns herabzureichen. Trotz des Wetterumschwungs herrschten immer noch tropische Temperaturen an Bord, und insbesondere ein paar Meter unter Deck war die ›Luft‹ so drückend und sauerstoffarm, dass schon der bloße Aufenthalt in dieser stählernen Höhle auf Dauer kaum zu ertragen war – von der Kraftanstrengung, die das Pullen, Aufrollen und Stapeln der Taue in besagter Zwangshaltung erforderte, ganz zu schweigen.

Das Schlimmste dort unten aber waren – unmittelbar vor der Bugwand in maximaler Auswirkung der Hebelgesetze – die Schiffsbewegungen. Wie in einem defekten Aufzug sausten wir unaufhörlich mehrere Meter senkrecht rauf und anschließend wieder runter. Das war zu viel. Schon nach kurzer Zeit signalisierte mir ein ungutes Gefühl in der Magengegend und im Kopfbereich, dass ich mich möglichst bald von dieser ungesunden Achterbahn verabschieden sollte. Mühsam erklomm ich das freie Deck, winkte Dario als Ersatzmann herbei und taumelte zur Praxis von Doc Roy. In den Gängen des Deckshauses war das Auf und Ab auf Grund des nahen Angelpunkts des Schiffes noch vergleichsweise moderat, sodass ich mich hier schon etwas besser fühlte. Roy drückte mir eine Pille in die Hand und empfahl mir nicht weiterzuarbeiten, mich aber auch nicht hinzulegen, sondern die Übelkeit möglichst im Stehen oder Sitzen zu ertragen.

»Normalerweise sollte man auch nicht aufhören zu essen oder zu trinken«, klärte mich der alte Mediziner auf und klopfte mir väterlich auf die Schulter.

»Okay – werd's versuchen ...«, antwortete ich matt und schluckte die Tablette hinunter.

»Und denk dir nichts, Junge«, schob der wackere Greis, dessen eigenes Wohlbefinden scheinbar nicht im Geringsten beeinträchtigt war, nach: »auch unseren Käpten George hat's schon mal erwischt – da muss jeder echte Seemann mal durch!«

Wie tot schleppte ich mich in den menschenleeren Unterrichtsraum und ließ mich auf eine Bank sacken, um dort die Wirkung des Medikaments abzuwarten. Obwohl man hier wegen des nahen Maschinenraums den Rhythmus der schwerfällig gegen den Seegang ankämpfenden Kolben fast schon am eigenen Leib fühlen konnte, war dieser Ort im Allgemeinen einer der ›mechanisch‹ ruhigsten an Bord. Zumindest bis jetzt. Denn mit einem Mal verlangsamte sich der Takt der Maschinen, und anstatt weiterhin über ihre gesamte Länge nach vorne und hinten zu wippen, begann die Spirit nun mehr und mehr, seitlich zu rollen. Erst fing nur das Glas und Besteck in den Schränken zu klirren und scheppern an, dann aber flogen plötzlich Bücher aus den Regalen, rutschten klappernd Stühle und Putzeimer quer durch den Raum und knallten reihenweise Wandbilder auf den Boden.

»Die Waschmaschinen! Vertäut sofort die Waschmaschinen!«, rief aufgeregt eine Stimme vom Gang. Es war Peter. Für einen Augenblick vergaß ich meine Seekrankheit und stürzte nach draußen.

»Was ist denn passiert?«, fragte ich den Herbeieilenden.

»Don hat festgestellt, dass wir zu weit nach Süden abgetrieben sind«, erklärte Peter außer Puste, »und da wir nun in Richtung Nord-Ost korrigieren müssen, hat man die glorreiche Idee gehabt, etwas beizudrehen und die Maschinen zu drosseln, damit Wind und Strömung uns von selbst auf diesen Kurs bringen! Das Ergebnis ist aber, dass wir dabei total instabil werden und das Wetter mehr von der Seite als von vorn abkriegen – mit anderen Worten: wir werden noch mehr durchgeschüttelt als vorher!«

» – na fein ...«

»Stefan, wir müssen zusehen, dass wir alles, was nicht niet- und nagelfest ist, schleunigst irgendwo anbinden – insbesondere die Waschmaschinen! Stell dir vor, was hier los ist, wenn sich die Dinger ›verselbstständigen‹ ...«

Ich wollte es mir lieber nicht vorstellen und so half ich Peter und Linda, die klobigen amerikanischen Geräte im Vorraum des Acht-Mann-Decks mit Seilen und Gurten zu verzurren. Danach begab ich mich schleunigst nach oben, da ich zum einen dringend frische Luft benötigte und zum anderen das dumpfe Gefühl nicht loswurde, meine Würgereflexe nicht mehr allzu lange beherrschen zu können...

»That's Jamaica!«, rief Don von der Balustrade der Brücke aus und deutete nach Backbord, wo sich nichts weiter als ein dünner Strich am Horizont abzeichnete. Klodeckelgroße, gemütlich dahinpaddelnde Meeresschildkröten hatten uns bereits seit einigen Stunden die Nähe von Land angezeigt. Die See hatte sich nach dem furiosen Auftakt vor ein paar Tagen mittlerweile wieder beruhigt und strahlte so tiefblau und edel vor sich hin, als ob sie keiner Fliege je etwas zu Leide getan hätte. Da wir durch unseren unwetterbedingten Schlingerkurs etwas Zeit verloren hatten, verbot sich der Badestop genauso wie ein Abstecher zur drittgrößten Insel der Großen Antillen. So ließen wir das weltberühmte Reggae-Paradies im wahrsten Sinne des Wortes links liegen und steuerten gleich auf den ›Paso de los' Vientos‹, die Meerenge zwischen Haiti und Kuba, zu.

»Du hast jetzt dein ›Trial‹ an Bord zu unserer vollen Zufriedenheit bestanden, Stefan!«, eröffnete mir Douglas in einer ruhigen Minute in der messhall. »Die Schiffsführung hat daher beschlossen – vorausgesetzt, du bist einverstanden – dich in eine Zweier-Kabine zu Phillip, unserem Bordelektriker, umzuquartieren ...«
Damit war ich natürlich absolut einverstanden, da zwei Personen selbstverständlich weniger Störgeräusche und Komplikationen produzierten als acht, und gerade Phillip ein ruhiger und ordentlicher Geselle war, mit dem man sich – ohne weitere Sprachbarrieren – hervorragend unterhalten konnte. Zu meiner Erleichterung zeigte sich jedoch keiner der ehemaligen Zimmergenossen enttäuscht oder gar beleidigt, als ich das Feld räumte.

»Du bleibst deswegen immer noch ein Deckhand!«, konstatierte Franco und grinste.
Phillips 4- oder 5-Quadratmeter-Bude bot zwar letzten Endes kaum mehr Bequemlichkeit als der Schlafraum im Achterdeck, jedoch verfügte sie zumindest über ein kleines Tischchen, einen wackeligen Holzstuhl und eine schmale Schranknische.

»Mach's dir bequem!«, begrüßte mich der vollbärtige, schlacksige US-Amerikaner, während er sich gleichzeitig – ob der beschränkten räumlichen Möglichkeiten – eines Lächelns über diesen Satz nicht erwehren konnte. Mit seinem gewellten, an den Seiten und Spitzen bereits grau melierten Haar, den haselnussbraunen Augen, dem Jesus-Kettchen um den Hals, dem braunen Lederbändchen am Handgelenk und den ausgelatschten Sandaletten hatte der ansonsten eher zurückhaltende und schweigsame Charaktermensch etwas von einem 68-er ›Peace and Love‹-Althippie an sich. Ähnlich klangen auch die Songs, die er mittags und abends mit seiner Gitarre anzustimmen pflegte. Frisch geschieden von seiner Frau suchte er auf der Spirit nach sich und einem neuen Lebensweg ...

Zum Mittagessen gab es diesmal eine Köstlichkeit der seltenen Art, nämlich Lachs. Linda musste mir zwei Nachschläge davon auf den Teller schaufeln, ehe ich mich zufrieden gab. Wir hatten uns an dem leckeren Fisch noch nicht sattgegessen, als plötzlich Jamie ans Rednerpult trat und Folgendes bekannt gab:

»Wie ihr wahrscheinlich alle schon mitbekommen habt, meine Brüder und Schwestern, befinden wir uns zurzeit in der Nähe von Kuba. Und wie ihr vermutlich auch wisst, regiert auf dieser Insel immer noch der berühmt-berüchtigte Fidel Castro. Der kommunistische Diktator unterdrückt nicht nur die grundlegendsten materiellen Bedürfnisse seines Volkes, nein – auch die geistig-seelischen. So sind Bildung, Wissen und Religion für viele der Einwohner immer noch ein Fremdwort, da das Land von der Außenwelt faktisch abgeschnitten ist ...«
Gespanntes Lauschen in der messhall.

»Darum wollten wir ursprünglich auch unseren Brüdern und Schwestern auf der Insel einen Besuch abstatten, doch leider hat man uns – auf Grund der nicht gerade guten Beziehungen zwischen deren und unserem Land – die Einreise verweigert ...«
Enttäuschtes Gemurmel im Saal.

»Was sie uns aber nicht verbieten können, meine lieben Freunde, ist, ihnen etwas zu schicken ...«
Nun spitzte man wieder die Ohren.

» ... und zwar eine Art Flaschenpost ...«
Das Wort ›Flaschenpost‹ löste unter den Zuhörern erwartungsgemäß Verwunderung und kindliche Begeisterung zugleich aus. Überall fragende Blicke und lächelnde Münder.

» ... in Form von Eimern!«, beendete Jamie seinen Satz und schaute in die Runde. Da war es still im Saal, bis jemand fragte:

»Was für Eimer?«

»Wasserdicht abgeschlossene Plastikeimer voll mit Bibeln!«, ließ Jamie die Katze nun endlich aus dem Sack. »Wenn die Leute dort nicht zu Jesus Christus gehen dürfen, dann wird er eben zu ihnen kommen! In zehn Minuten erwarte ich euch am Achterdeck – bis gleich!«
Mit diesen Worten verließ der Glaubensführer unter tosendem Beifall die Messe.

94

»Ich hoffe nur, die kubanische Küstenwache erwischt uns nicht dabei ...«, kommentierte Peter trocken und blickte durch die Fenster aufs Meer hinaus. Diese Sorge sollte sich allerdings als unbegründet erweisen, denn als wir uns kurz darauf mit vielen anderen an der Backbordseite des Achterdecks einfanden, war weit und breit kein Schiff auszumachen und auch die Küste selbst mit bloßem Auge nicht zu erkennen.

»An dieser Stelle und zu dieser Stunde ist die Strömung besonders günstig für unser Vorhaben«, verkündete Don feierlich. Daraufhin nahmen Jamie und Douglas drei große Plastikeimer zur Hand und füllten sie jeweils bis zur Hälfte mit spanischen Kurzfassungen des Neuen Testaments. Dann verschlossen sie die Kübel mit Deckel und Klebestreifen, ließen sie an Seilen die Bordwand hinabgleiten und übergaben sie den Fluten der Karibik. Unter Halleluhjah- und Hosiannah-Rufen der Crew kräuselten sich die runden Kunststoffbehälter noch einige Male in den Strudeln unseres Kielwassers, ehe sie lustig auf den Wellen tanzend von der Spirit wegtrieben.

»Ich hoffe, sie kommen an, wo sie ankommen sollen«, sagte Jamie, unserer ›Flaschenpost‹ wehmütig hinterherblickend.

»Naja – und wenn nicht ...«, fügte Douglas hinzu, »dann ist's auch nicht so schlimm ... irgendjemand wird die Eimer schon finden und sich den Inhalt anschauen! Der Rest bleibt sowieso dem Herrn überlassen ...«

9. Die Freezer-Brothers

Wir hatten die Antillen und die Bahamas hinter uns gelassen, und es war kurz nach dem Frühstück, als Paddy in ihrer zusätzlichen Eigenschaft als Verwalterin des Bordproviants den Bootsmann um zwei Gehilfen für den Kühlraum bat. Als Mike von seinen Deckhands nur noch Manuel und mich am Tisch sitzen sah, war die ›Auswahl‹ natürlich schnell getroffen. Minuten später schritten wir dann auch beide bei Außentemperaturen von über 30 Grad Celsius in Anorak, Wollmütze und Handschuhen treppabwärts.

»Keine Sorge, Jungs, das Ganze ist halb so wild!«, versuchte uns die Friseurmeisterin aufzumuntern, »wir müssen nur ein paar Dinge umräumen und ein bisschen Ordnung schaffen da drinnen ...«

›Da drinnen‹ war der Ort, vor dem uns – wie allen anderen an Bord – graute. Temperaturen um den Gefrierpunkt, schummriges Licht, quälende Enge und modriger Geruch – die typischen Attribute des ›Freezers‹, wie man sie entweder vom Hörensagen oder aber schon aus eigener Erfahrung kannte. Keiner meldete sich je freiwillig, um dort zu arbeiten. Nun hatte es ausgerechnet uns erwischt ...

Hinter einer massigen, eisernen Tür, die mehr einem Banktresor aus den 50er-Jahren als dem Eingang einer Kühlkammer glich, begann das Leiden.

»Wir müssen aufpassen, dass der Freezer nicht noch wärmer wird – wir können schon kaum die Mindestkälte halten!«, erklärte uns Paddy und verriegelte das Portal hinter uns. Von diesem Augenblick an erinnerte nichts mehr daran, dass wir uns auf einem Schiff befanden und obendrein in tropischen Gefilden. Die Verwalterin knipste das Licht an, hauchte eine weiße Wolke vor sich her und mahnte: »Und denkt dran, Jungs: nicht länger als 20 Minuten am Stück drinbleiben!«

Manuel nickte bibbernd, auch wenn er auf Grund seiner minimalen Englischkenntnisse kaum etwas von Paddys Worten verstanden haben konnte.

»Okay, das hier ist alles Jogurt ...«, begann die Chefin nun ihre Führung durch die unwirtliche Höhle und wandte sich nach rechts, wo mehrere Meter tiefe, mit Pappbechern nur so voll gestopfte Holzregale bis unter die

Decke reichten. Manuels breites Grinsen verriet, dass es ihm bei diesem Anblick offenbar schon wieder etwas wärmer ums Herz wurde.

»Aber hier ist für euch momentan nichts zu tun«, raubte ihm die Amerikanerin postwendend wieder alle Hoffnung und tippelte auf den wackeligen Holzbohlen weiter ins Innere des frostigen Lochs. Manuel und ich watschelten brav hinterher, zwängten uns zwischen schneebezuckerten Streben und Rohren, Säulen und Regalen hindurch und stolperten über aufgerissene Schachteln und Bodenunebenheiten, ehe wir das ›Herzstück‹ des Freezers erreichten – einen kleinen Raum, der von Kartons, Kisten und Fässern nur so überschwoll.

»Ihr seht schon, dass hier alles ein bisschen durcheinander ist«, seufzte Paddy, »darum würde ich euch bitten, wenigstens zu versuchen, eine gewisse Systematik hier reinzubekommen! Also beispielsweise sollten die Fischbehälter dort drüben hin, wo es am kältesten ist, die Hähnchenteile weiter nach vorne, die aufgetaute Eiscreme möglichst in die Tonnen, die Kisten hier unten dort rauf, die Schachteln auf die Seite und …« und so weiter und so fort. Wir waren nicht die Ersten, die mit diesem schier unlösbaren Aufgabenkatalog konfrontiert wurden …

»Aber ach! Was ich noch vergessen habe …«, fiel der Verwalterin in letzter Sekunde ein, bevor sie uns unserem Schicksal überließ, »für heute Mittag brauchen wir unbedingt drei Kisten Hamburger! Sie müssen irgendwo ganz da unten sein …« Dann hörten wir die schwere Tür ins Schloss fallen.

»I not want work Freezer!«, jammerte mein Kompagnon, zog sich bokkig die Wollmütze bis über die buschigen Augenbrauen und verschränkte zitternd die Arme vor der Brust.

»Ich auch nicht!«, erwiderte ich, »aber das beste Mittel gegen Frost ist immer noch, sich zu bewegen – also ran an die Arbeit!«

»What?!«

»Ach nichts …«

Ich fing einfach irgendwo mit irgendwelchen Kisten an, und Manuel tat dasselbe. So räumten wir hin und her, bauten um, auf und ab, zogen nach vorne, schoben nach hinten, leerten aus und füllten ein. Doch es war wie im

Treibsand – je mehr man strampelte, desto tiefer sank man. Nach etwa 30 Minuten Arbeit hatten wir schließlich den Eindruck, das Chaos eher noch vergrößert zu haben ...

»Now is pause«, war alles, was Manuel hierzu einfiel. Auch ich gab mich fürs Erste geschlagen und folgte ihm nach draußen. Dort schmissen wir uns auf eine Bank und legten erschöpft unsere Köpfe auf die Tischplatte, um uns zu regenerieren. Doch dies war angesichts der hämmernden Kolben des nahen Maschinenraums kaum möglich. Zudem wurde es von Minute zu Minute heißer in unseren Winterklamotten. Sich aber der subpolaren Survival-Kluft zu entledigen, hätte sich angesichts der nur kurzen ›Auszeit‹ nicht gelohnt. Also ließen wir die paar Minuten Backofen sowie das Gespött einiger Kumpels (»Seht unsere zwei Weihnachtsmänner da!«) mannhaft über uns ergehen und setzten dann – mit Hitze aufgetankt – unsere Expedition ins ewige Eis der Spirit fort.

So werkelten wir den gesamten Vormittag vor uns hin, ärgerten uns mit unbeschrifteten oder falsch etikettierten Behältern herum, besudelten uns mit zermantschten Eisbechern, balancierten auf wackligen Fässern an den Regalen entlang und kneteten in gewissen Abständen die steifen Finger durch, da die von geschmolzener Eiscreme durchnässten Handschuhe kaum noch vor der Kälte schützen konnten. Zerlaufenes Eis war andererseits das einzige Zaubermittel, das meinen Freund Manuel in dieser garstigen Grotte überhaupt noch am Leben zu erhalten schien. Kaum mussten wir wieder einmal ein paar beschädigte Becher beiseite stellen, da entsorgte der warmblütige Mittelamerikaner die kremig-süßen Rückstände auf seine Weise – anfangs mit dem Finger, später mit einem extra organisierten Esslöffel ...

Trotz allem gelang es uns Schritt für Schritt, den ›Kühlschrank‹ der Spirit ein wenig auf Vordermann zu bringen. Das böse Erwachen ereilte uns dann aber etwa eine halbe Stunde vor Mittag, als Paddy zu einem letzten Kontrollbesuch erschien und uns die unangenehme Frage nach den Hamburgern stellte. Wir hatten sie nämlich im Eifer des Gefechts schlichtweg vergessen ...

Tags darauf gab es an Bord eine Art ›Bergfest‹. Die Spirit hatte jetzt die Hälfte der Strecke von Los Angeles nach Riga zurückgelegt, und dies musste selbstverständlich gebührend gefeiert werden. Zu diesem Anlass war die gesamte Mannschaft zu künstlerischen Darbietungen jedweder Art aufgefordert. Die meisten Crew-Mitglieder zeigten sich von der Idee hellauf begeistert, und Don notierte sogleich ihre diversen Einfälle. Andere wiederum konnten Veranstaltungen dieser Art naturgemäß nicht allzu viel abgewinnen und versuchten sich – wie Manuel und ich – unauffällig aus der Affäre zu ziehen. Doch da hatten wir die Rechnung ohne unseren Ersten Offizier gemacht, der bei der Verweigerung von Spaß einfach keinen Spaß verstand. Vergeblich klagte Manuel beim Morgenappell des bewussten Tages über eine ominöse ›Kreativitätskrise‹, vergeblich beteuerte ich, jeder Form der Schauspielerei seit San Pedro endgültig abgeschworen zu haben.

»Ihr macht was – wie alle anderen – und zwar zusammen!«, lautete Dons ebenso unmissverständliche wie brachiale Aufforderung, womit das Thema für ihn erledigt war. Für uns aber ging's nun erst richtig los, da die Veranstaltung schon in wenigen Stunden beginnen sollte und wir keinerlei Konzept hatten.

»Pffff, what we make?!«, fragte mich Manuel anschließend ratlos in meiner Kabine.

»I don't know ...«, antwortete ich achselzuckend, lehnte mich zurück und sann nach Möglichkeiten, wie wir uns auf die Schnelle am besten verkaufen konnten. Es musste etwas sein, das nicht mehr viel Zeit zur Vorbereitung beanspruchen und – wegen des Sprachgefälles zwischen Manuel und mir – keine größeren Dialoge bemühen durfte. Nach längerem Überlegen kam mir schließlich eine Idee ...

Als Peter in seiner selbstgewählten Eigenschaft als Moderator den ›Event‹ nach dem Abendessen einläutete, war die Messe bis auf die hintersten Stühle und Bänke brechend voll. Dort wo von den unteren Etagen der Treppenaufgang neben einer Stützsäule in den Raum mündete, stand die Bühne. Während Peter mit einigem Showtalent schon die ersten ›Acts‹ ankündigte – wie z.B. eine ulkige Kasperl-Aufführung von Don und Mike, einen stimmungsvollen Gitarrensong meines Zimmergenossen Phillip und eine Liebesromanze zwischen Dons Tochter Amy und dem Guatemalteken Frank – waren Manuel und ich eine Etage tiefer immer noch fieberhaft mit der Erprobung unseres eigenen ›Stücks‹ beschäftigt. Nach einer unvermeidlichen ›Breakdance‹-Vorführung unseres lieben Louis war es dann aber so weit: Peter schaltete wie abgesprochen die Lichter aus, und im Schutze der Dunkelheit schafften Manuel und ich über die Treppe hurtig einige leere Kartons in die Mitte der messhall. Dann schlichen wir wieder nach unten und bekleideten uns fix mit Anorak, Wollmütze, Schal und Handschuhen.

»Ready?«, fragte ich meinen Partner.

»Raddi!«, antwortete der, worauf ich Peter das vereinbarte akkustische Signal gab.

» ... kurzum, meine Damen und Herren«, beendete dieser daraufhin seine Vorrede, »ich freue mich, heute Abend bei uns begrüßen zu dürfen: die berühmt-berüchtigten ›Freezer-Brothers‹!«

Die Menge verstummte in gespannter Erwartung. Langsam und vorsichtig stiegen wir hinauf und betraten die Bühne – erst ich, dann Manuel. Trotz der Dunkelheit im Saal erkannten die meisten Zuschauer schon an unseren Silhouetten die übertriebene Winterkluft und mussten bereits hier zu kichern anfangen. Als wir dann das Licht anknipsten und uns schlotternd und sauertöpfisch dreinschauend frontal vor das Publikum stellten, brach der Saal in schallendes Gelächter aus. Daraufhin begann ich das Drama mit den Worten:

»Und denk dran, was Paddy gesagt hat, Manuel – nur die Hamburger, nur die Hamburger!« Manuel nickte lakaienhaft, und das Publikum brüllte. Dann machten wir uns vor den Augen der Crew ›genüsslich‹ an die Arbeit. Hierbei versuchten wir, uns so dämlich wie möglich anzustellen, was uns – dem Prusten und Gackern der Zuschauer zu entnehmen – offenbar auch hervorragend gelang. Tollpatschig fielen wir über unsere eigenen Füße, verrenkten uns Hände und Arme beim umständlichen Herumhantieren mit den Kartons und behinderten uns gegenseitig, wo es nur ging. Kaum halten konnte sich das Publikum, als Manuel hinter meinem Rücken einen Löffel zückte und sich lustvoll mit Eiscreme verköstigte, während ich ›unwissend‹ meinen Kampf mit den Kartons weiterkämpfte. Als ich dann so tat, als ob ich gegen eine Kante gestoßen wäre, und ›Sch...‹ fluchte, – worauf der

Guatemalteke hinter mir das deutsche Schimpfwort krampfhaft nachzusprechen versuchte – , bog man sich vor Lachen. Absoluter Höhepunkt aber war schließlich der Satz, den ich vor lauter Verzweiflung über die Tücken des Freezers spontan und unvorbereitet vor mir herbrummte:

»Wir müssen ständig nach Hamburgern suchen, aber zu essen kriegen wir sie nie!« Erst tobten die US-Amerikaner und dann – nach Francos Übersetzung – die Mittelamerikaner. Indem wir Paddy dann die gefundenen Hamburger-Kisten im Zuschauerraum überreichten, dabei jedoch ›die Mitteilung erhielten‹, dass diese nun zwischenzeitlich gar nicht mehr benötigt wurden, sorgte auch unser Abgang für donnernden Applaus. Die folgenden Tage konnten Manuel und ich uns nicht nebeneinander blicken lassen, ohne mit ›Freezer-Brothers‹ betitelt zu werden.

Hätte ich nicht doch in Hollywood bleiben sollen?

10. ATLANTIK

Wir durchquerten gerade die Sargasso-See, einen der tiefsten Abschnitte des Nordatlantischen Ozeans, als ich Jamie allein an der Reling antraf.

»Hier geht's vier Meilen runter!«, raunte er, als ob er dem Weltmeer zwischen dem amerikanischen und eurasischen Kontinent seinen Respekt bekunden wollte.

»Kommen wir da ins Bermuda-Dreieck?«, konnte ich als Frage nicht unterdrücken, hatte ich doch stillschweigend immer darauf gehofft, diese geheimnisumwitterte Gefahrenstelle einmal selbst ›miterleben‹ zu dürfen.

»Nein, keine Sorge – dafür sind wir zu weit südlich...«, wollte mich der Mann mit der heiseren Stimme beruhigen, ohne freilich zu ahnen, dass er mich damit eher enttäuschte.

»Ich hätte nie gedacht, dass der Atlantik so ruhig sein würde«, bemerkte ich angesichts des spiegelglatten Wassers um uns herum.

»Der Herr scheint uns gnädig zu sein«, sagte der schnauzbärtige Gläubige daraufhin, »und hoffentlich bleibt er es auch, denn immerhin haben wir noch knapp zwei Wochen bis Europa ...«

Das stimmte freilich. Doch bis zum gegenwärtigen Zeitpunkt schien der liebe Gott die Dinge eher auf den Kopf gestellt zu haben: Dort, wo wir baden wollten, schickte er uns hohe Wellen, und dort, wo wir höchste Wellen befürchteten, beschied er uns einen ›Tümpel‹ ...

»Ich habe selten so wenig Seeleben beobachtet wie auf diesem Trip«, bemerkte nachdenklich Colleen, die sich mittlerweile zu uns an die Reling gesellt hatte. Tatsächlich hatten wir während der mehr als drei Wochen, die wir nun schon unterwegs waren, außer zwei oder drei Delfinschwärmen, ein paar fliegenden Fischen und vereinzelt treibende Wasserschildkröten kaum Meerestiere gesichtet. Nicht lange nach diesem Gespräch sollten dann aber prompt backbords ein paar mächtige, grau-schwarze Buckel auftauchen und elegant ausladend neben uns durch die See gleiten. Die unsichtbaren, riesenhaften Kreaturen, die sich unter ihnen verbergen mussten, schienen fast schon eine eigene Dünung hervorzurufen. Mit abrupten, meterhohen Sprühfontänen bewiesen die anfangs scheuen Giganten aber schon bald, dass sie mehr waren als nur die Bewegung von Wasser. Immer näher wagten sich ihre Rückenflossen an die Spirit heran, immer weiter wölbten sich ihre Buckel aus den Fluten. Und irgendwann einmal fasste sich einer der Leviathane ein Herz, stieß seinen massigen Körper, soweit es die Schwerkraft erlaubte, aus dem salzigen Element und hing für einen kurzen Augenblick schräg in der Luft, ehe die Naturgesetze den Übermütigen wieder dorthin hinabzogen, wo er herkam und hingehörte.

»Toll!«, schrie mein Zimmergenosse Phillip im Originalton, als der Herrscher der Meere halb mit dem Bauch, halb mit der Flanke, tosend in die See zurückkrachte, und warf mir einen fragenden Blick zu, ob er das deutsche Wort, das er so liebte, auch korrekt ausgesprochen habe. Noch ein einziges Mal hatten wir Kontakt zu einem Wal. Es handelte sich um einen Einzelgänger, der urplötzlich wenige Meter neben unserer Bordwand die Wasseroberfläche geteilt hatte. Mit seinem breiten, geriffelten, hellgrauen Rücken unterschied er sich jedoch stark von seinen ›kleineren‹, dunkelfarbenen Vorgängern. Und auch zum Blasen oder Springen schien der etwas schwerfälligere Planktonvertilger nicht sonderlich aufgelegt zu sein, denn schon bald ließ er sich wieder empfehlen und in die unergründlichen Tiefen der Unterwasserwelt zurücksinken ...

Wie bedeutungslos doch vieles schien in Anbetracht dieses weiten Wasserteppichs um uns herum. Die freie Sicht in die Ferne, quasi bis an den Rand der Welt, vermittelte das Gefühl von Glück und Erlösung. Etwas Weises, Absolutes lag da über den Wassern, etwas, das alles menschliche Streben und Treiben, jedes ›irdische‹ Anliegen radikal und schonungslos für nichtig oder lächerlich erklärte und abstreifte wie vertrocknete Hautfetzen. Es gibt wohl kaum einen anderen Ort, an dem man glaubt, Gott so nahe zu sein wie inmitten eines Ozeans. Denn im Unterschied zum bloßen majestätischen Panorama, das sich von einem Berg, hohen Gebäude oder Flugzeug auftut, wirkt die marine Umgebung eines Schiffes nicht statisch, sondern sie lebt und ändert sich in immer währender, sicht- und fühlbarer Weise und bezieht den Ausguk-kenden und Suchenden trotz seiner ›Erhabenheit‹ auf dem schwim-menden Gefäß in dieses Leben selbst mit ein, lässt ihn – im Guten wie im Bösen – teilhaben an ihren Stimmungen und Launen – und bleibt doch immer gleich. Kein anderer Ort auf unserem Planeten ist darüberhinaus so prädestiniert für die Sinnfrage wie die Meereswüste. Woher kommen wir? Wohin gehen wir? Wozu das alles? Was bleibt übrig? lauteten die typischen Fragen, die sich dort draußen förmlich aufdrängten. Wenn-gleich aber auch die See keine abschließenden Antworten hierauf lie-fern konnte, so schien sie doch zu jeder Zeit und in jedem Zustand wenigstens ein ›dass‹ durchschimmern zu lassen – dass wir von irgend-woher kamen, dass wir irgendwohin gingen, dass alles einen Sinn hatte und dass etwas übrig bliebe von uns …

Je mehr ich über all dies nachdachte und meine persönlichen Erfahrun-gen und Beobachtungen – insbesondere der vergangenen drei Monate – Revue passieren ließ, desto mehr fand ich, dass sie sich in erstaunli-cher Weise mit den Erklärungen, Weisungen und Voraussagen der Bibel deckten. Gerade bei nüchterner Betrachtung der historischen, politi-schen und gesellschaftlichen Ereignisse und Umwälzungen aus früherer und jüngster Zeit sowie meines eigenen Schicksals gewann ich mehr und mehr die Überzeugung, dass Ausgangs- und Endpunkt der Wahrheit über den Menschen, die Welt und den Lauf der Dinge letztlich nur in der Heiligen Schrift zu finden sei. Konnte es etwa eine höhere Vollen-dung geben, als – wie Jesus – in jeder Situation unerschrocken die Wahr-heit auszusprechen, andere Menschen zu heilen, unter Preisgabe des eigenen Lebens zu retten und sogar den eigenen Tod noch zu überwin-den? Doch gab es Jesus überhaupt? Viel wurde und wird über den weltbekannten Schreinerssohn aus Israel geschrieben, nichts könne wirklich bewiesen werden, heißt es da mitunter. Mag sein. Doch war es andererseits wahrscheinlicher, dass sich gleich mehrere ›Fantasten‹ zu-gleich eine solch außergewöhnliche Geschichte hätten ausdenken sol-len? Oder dass Jesus zwar existiert hätte, aber ein ›Scharlatan‹ gewesen wäre? Wenn ja, wozu das alles? Hätten die Fantasten oder der Scharlatan irgendeinen Nutzen davon gehabt? Hätten sie sich etwa zu damaliger Zeit mit dem Verkauf einer so tragischen und – nach irdischen Maßstäben – ruhmlosen Story eine goldene Nase verdienen können? Hat sich nicht vielmehr der Held selbst durch das rigorose Aufbrechen sämtlicher irdischer Systeme und ›Konventionen‹ – vom Physikalisch-Biologischen bis hin zum Ökonomisch-Gesellschaftlichen – vor der Welt in Ungnade begeben, wohingegen Scharlatane im Allgemeinen nach der Gunst der Menschen und ihrer Machthaber zu buhlen pflegen und die Verhältnisse auf Erden geschickt zu ihrem Vorteil zu nutzen wissen? Hat der Mann nicht etwa bewusst und willentlich sein Leben hingegeben, obwohl er es – bei entsprechendem ›Wohlverhalten‹ – ohne weiteres hätte fortsetzen können? Und was wäre falsch daran, Blinde sehend zu machen und Brot zu vermehren, wenn man es könnte?

Dokumentierten darüber hinaus die Erkenntnisse der ›modernen Wissenschaften‹ nicht eher den faszinierenden und genialen Geist, der sich hinter allem Seienden verbergen musste, als dass sie die Existenz Gottes tatsächlich leugneten oder gar widerlegten? Widersprach es etwa nicht den von uns selbst aufgestellten Gesetzen von Physik und Logik, wenn sich beispielsweise der ›Urknall‹ tatsächlich aus sich selbst heraus hätte auslösen können – was die Voraussetzung wäre, um dem Anspruch vom ›Anfang aller Dinge‹ gerecht zu werden? Wenn ja: Waren dann konsequenterweise nicht all unsere natur- und geisteswissenschaftlichen Grundsteine falsch gelegt, oder war der Urknall – welch Frevel! – vielleicht doch nicht der allererste Initiator des Ganzen? Oder beides? Produzierte unser ›explodierendes Wissen‹ – bei aller Wertschätzung seiner auch wahrheitsdienenden Ergebnisse und der teilweise positiven Umsetzung derselben – im Endeffekt nicht viel mehr Rätsel als Antworten, nicht viel mehr Probleme als Lösungen? War die Aussage der Bibel zu dieser Problematik – »Wer Wissen anhäuft, häuft Sorge an« – etwa nicht zutreffend? Waren wir etwa glücklich mit all unserem Wissen und seiner ständigen, ans neurotisch-Zwanghafte grenzenden Erweiterung? Versuchten wir mit unserer steten, allerorts und von jedermann gepriesenen ›Weiterbildung‹ im Prinzip nicht mehr, als unser unaufhörliches Schwinden göttlicher Weisheit – welche im Übrigen dem ›Einfältigen‹ geschenkt ist – zu kompensieren bzw. uns vermeintlich über dieselbe zu erheben? Waren wir nicht wie das Kind, das sich über das Geschenk des Vaters einfach nicht mehr freuen und seinen ursprünglichen Nutzen nicht mehr erkennen kann, sondern stattdessen nur noch versucht, dasselbe in seine Bestandteile zu zerlegen, zu hinterfragen, ›mehr‹ daraus zu machen und schließlich zu verachten? Spiegelte all dieses Verhalten nicht genau den klassisch-biblischen Abfall von Gott und die maßlose, in den Untergang führende Selbsterhöhung des Menschengeschlechts über seinen eigenen Schöpfer quasi als ›Vollendung‹ der Erbsünde wieder? Trafen die biblischen Weissagungen vielleicht nicht zu, wonach »am Ende der Zeit … ein Volk sich gegen das andere auflehnen«, »Unzucht und Unglaube zunehmen«, »Hungersnöte und Erdbeben auf die Erde niederkommen«, »Ratlosigkeit beim Brausen des Meeres herrschen« würde, man »von Kriegen hören« würde, und »die Herzen Vieler erkalten« würden? Gab es etwa keine zunehmenden Konflikte zwischen Ost und West, Nord und Süd, Morgenland und Abendland, links und rechts, arm und reich? Keine ethnologischen Zerfallserscheinungen in der UdSSR, Jugoslawien und Afrika? Keine Kriege in Europa, Mittelamerika und Asien? Keinen rapiden Anstieg jugendlicher Gewalt und verheerender Wirtschaftskriminalität in den Industriestaaten? Keine Scheidung jeder zweiten Ehe in den USA? Keine Millionenscharen Arbeitsloser, Hungernder, Kranker und Sterbender? Keine globale Vernichtung unserer natürlichen Lebensgrundlagen? Keine 600 brennenden Ölquellen in der Wüste, keine ›Exxon Valdez‹ im ewigen Eis? Keine sich an Qualität und Quantität dramatisch zuspitzenden Naturkatastrophen in Form von Treibhauseffekt, Ozonloch, Vulkanausbrüchen, Erdrutschen, Wirbelstürmen, Lawinen, Hochwasser- und Dürrerekorden? Keine weltweite Verbreitung und Verherrlichung von ideologischen, ökonomischen, philosophischen und esoterischen Irrlehren und abartigen Verhaltensweisen durch Film, Funk, Fernsehen und Printmedien? Keinen um sich greifenden Drogen- und Alkoholmissbrauch?

Was eigentlich musste noch alles geschehen, um uns die Augen zu öffnen und die Zeichen deuten zu lassen? Steckten wir nicht längst wieder in einem neuen, anderen und diesmal viel komplexeren Sog als jemals zuvor? In einem nie gekannten Technologie- und Material-Absolutismus, einem nie da gewesenen Globalisierungs-, Rationalisierungs- und Kapitalisierungswahn und einer sich seuchenhaft ausbreitenden ›Fun-, Fit- und Fuck‹-Kultur – auf gewisse Weise genauso radikal, rücksichtslos, uniform, hohl und diktatorisch wie bestimmte faschistische und sozialistische (Vorgänger-)Ideologien? Hatten diese kumulierenden Zeitgeist-Infekte nicht schon längst den gesamten Erdball befallen, und kennzeichnete sie nicht alle ein gewisses satanisches Grundprinzip, das die Welt mehr und mehr wie ein Krake umspannte? Falls dies alles – oder einiges davon – zutraf, wie lautete da die Antwort Gottes angesichts dieser Entwicklungen? Was war die Botschaft, der Auftrag an diejenigen, die an das Gute noch glauben wollten?

»Kehrt um!«, hieß es da im Neuen Testament, und: »Befolgt die Gebote des Herrn!« Denn »wer durchhält im Glauben bis zuletzt, der wird gerettet werden!«

»Watch out, Stefan!«, schrie plötzlich eine Kinderstimme zu mir hoch, und nur knapp verfehlte Jamies kleiner Sohn Nathan auf seinem Plastik-Bulldozer meine Fußspitzen, als ich gedankenversunken über die Türschwelle der Messe getreten war. An den Wänden des Saals hingen immer noch die selbst gebastelten Pappschilder, derer sich Jamies Frau heute Morgen bei den Lessons bedient hatte. ›Surrender‹ stand da etwa und ›Don't be too wise!‹

Ich stieg wieder hinaus an Deck, schlenderte über das Vorderschiff bis zum Bug, stützte mich dort auf die zusammenlaufenden Bordwände und schaute minutenlang auf das glasklare, reflektierende Blau hinab, das da unter mir von der Spirit in rasanter Fahrt durchschnitten wurde. Plötzlich schimmerte ein weißes, etwa mannsgroßes, nach vorne relativ spitz zulaufendes ›Ding‹ unter der glitzernden Wasserfläche hervor. Es war ein Fisch, möglicherweise ein Merlin, der sich im letzten Augenblick auf die Seite gedreht hatte, um unserer bedrohlich nahe kommenden Stahlkante auszuweichen. Im Nu verblasste seine Erscheinung wieder in der Tiefe, überspült von verdrängter Gischt.

War es so nicht auch mit dem Leben von uns Menschen? Wir betraten für kurze Zeit die Weltbühne und verschwanden dann wieder für immer von ihr. Für immer? »Wer an mich glaubt, hat ewiges Leben«, hatte Jesus verheißen. Aber wo war das ewige Leben, das Paradies, das man ja ›nicht greifen‹ und ›nicht sehen‹ konnte – dieser Himmel? »Das Reich Gottes ist nicht von dieser Welt« hatte er gesagt, und »wenn ihr nicht wieder werdet wie die Kinder, so könnt ihr das Reich Gottes nicht sehen ...« Doch wie konnte man so werden, wie dahin gelangen? »Keiner kommt zum Vater außer durch mich«, lautete die eindeutige, allen anderen Versuchen, Methoden und Lehren eine klare Absage erteilende Antwort des Revolutionärs aus Nazareth. Wir sollten also so werden wie er selbst. Wie aber war er? Er war die vollkommene, alle Schranken sprengende Liebe, ausgedrückt in Wort und Tat, die Liebe, die alles gab und nichts nahm, und genau deswegen alles erreichte ...

Als ich in die Messe zurückkehrte, fand dort gerade etwas statt, was ich noch nie gesehen hatte. Einige Besatzungsmitglieder standen dicht gedrängt um eine Person herum und brabbelten lautstark irgendwelche unverständlichen Spruchformeln auf sie ein.

»Was soll das denn?«, fragte ich Peter, der unbeteiligt danebenstand.

»Das ist so 'ne Art ›Teufelsaustreibung‹, antwortete er leidgeprüft, »sie haben das auch schon mal bei mir versucht, weil ich eine Meinung vertreten hatte, die ihrer Ansicht nach der Bibel zuwiderlief ...«

»Und?«

»Don Tipton hat mir damals beigestanden, da ich in seinen Augen nicht besessen war, und da haben sie mich in Ruhe gelassen. Außerdem – so sagt die Bibel selbst – kann man den Beelzebub nicht mit dem Beelzebub austreiben ...«

Ja, ja, das Böse im Menschen – ein Dauerthema, das selbstverständlich auch die Spirit nicht verschonte. Die Delikte reichten vom lächerlichen Mundraub (z.B. unbefugtes Abnagen knuspriger Hähnchenkeulen vor der Vorratskammer sowie Entleeren prickelnder Isodrink-Dosen im Frachtraum, woran übrigens – aus gewissen Selbsterhaltungsgründen – auch der Autor selbst beteiligt war) bis hin zum ausgewachsenen Diebstahl (Entwenden von Armbanduhren, Schuhen, Messern und Bürsten – nach Jims kriminalistischem Gespür allerdings die Handschrift eines einzelnen ›Psychodiebs‹). Mit Beichten, Buße tun, Verzeihen und Beten versuchte man, Übertretungen und Missverhalten dieser und anderer Art an Bord zu begegnen, was jedoch – dank der im Großen und Ganzen hervorragend disziplinierten Besatzung – relativ selten nötig war. Natürlich gab es auch unter einer christlichen Crew gelegentlich Spannungen und Hass, glänzte nicht jeder Tag in Friede, Freude, Eierkuchen. So klagte man beispielsweise darüber, dass die Schiffsführung die Samstagsarbeit zur Routine erheben wollte, dass unser Bootsmann auf Grund von Inkompetenz und Jähzorn seiner Stellung nicht gerecht würde, dass das Essen zu fad sei, dass die Guatemalteken nur aus ›Fleisch‹ bestünden, dass man von bestimmten Personen gestört oder provoziert werde, und so weiter und so fort. Aber was anderes konnte man auch erwarten, wenn 75 Männer, Frauen und Kinder, von Stahl und Salzwasser umgeben, dazu verdammt waren, ohne jegliche Ausweichmöglichkeit wochenlang miteinander zu arbeiten und zu leben? Insbesondere unter uns Männern stauten sich im Laufe der Zeit gewisse Aggressionen auf, wozu nicht zuletzt der akute Frauenmangel bzw. die – notwendigen – sittlichen Vorschriften der Spirit beitrugen. Wohin nur mit der Sexualität an Bord eines christlichen Schiffes? Dieses Problem beschäftigte nach der mehr als einmonatigen Seereise sicherlich viele. Masturbation? Bedeutete nur eine andere Form von Sünde. Gleichgeschlechtliche Beziehungen? Natürlich erst recht undenkbar und wohl von kaum jemanden wirklich gewollt. Also blieb nur, im eigenen Saft dahinzuschmoren und Gott darum zu bitten, den Druck doch wenigstens ein bisschen zu mildern ... .

So manchen holten während der sich hinziehenden, entbehrungsreichen Zeit auf See gelegentlich auch kleinere oder größere Sünden aus dem bisherigen Leben wieder ein und nagten an der Seele. Denn – wie es ›Dr. Vic‹ einmal so schön formulierte – »was der Mensch will, ist meistens genau das Gegenteil von dem, was Gott will«. All denjenigen, die eine solche Phase durchliefen, konnte nur wärmstens der Spruch ans Herz gelegt werden, den Frank auf seinem T-Shirt umhertrug: »Immer wenn der Teufel dich an deine Vergangenheit erinnert, erinnere du ihn an seine Zukunft!«

Die meiste Zeit aber war die Crew durchaus vergnügt und guter Dinge. Man verbrachte den Feierabend mit Gesellschaftsspielen (Guatemalteken), Body-Building (Jim und Walter), Lesen (Scott, Rick, Al), Angeln (Don & Ron), Star-Trek-Filme anschauen (Kinder), Hunde dressieren (Peter), Action-Filme nachstellen (Gordon, Manuel, Frank und ich), Meer, Sonne, Mond und Sterne studieren (nur ich), Balkan-news abhören (Doc Roy), das Hitler-Phänomen erklären (Käpt'n George), Flirten (Dan und Heather), neue Songs proben (Luana, Steve und Douglas), Zierrat basteln (Carla, Donna und Amy), kiloweise Eiscreme verdrücken (Mike und Linda), Bulldozer fahren (Nathan), Outfit erhalten und verbessern (Franco, Alex), viele Fragen stellen (John) und nie auffindbar sein (Louis).

Alles in allem herrschte unter den Menschen an Bord ein brüderlich-warmes und natürlich-offenherziges Klima, welches ich noch nie zuvor in dieser Form erlebt hatte. Nach einem großen Wett-Tauziehen mit anschließender Wasserschlauch-Spritzorgie an Deck fragte mich Horge, ein zurückhaltender, vom Glauben durchdrungener junger Guatemalteke, ob ich diese Fahrt nur als abenteuerlichen Rückweg nach Europa betrachtete.

»Nein, mit Sicherheit nicht ...«, antwortete ich ihm.

11. Deutsches Zwischenspiel

Als ob er den Atlantischen Ozean mit einem Salut verabschieden und noch ein letztes Mal dessen Herrlichkeit preisen wollte, sprang der große, weiße Fisch einige hundert Meter von uns entfernt in mehreren Bögen hoch aus dem Wasser. Ich musste hierbei an ›meinen‹ Merlin denken, der sich vor einigen Tagen in letzter Sekunde vor unserem Bug hinweggerettet hatte, verkniff mir aber die offenkundig alberne Frage, ob es sich möglicherweise um das gleiche Tier handeln könnte. Stattdessen genoss ich schweigend – gemeinsam mit Jim – den Anblick des schwachen Reliefs, das sich einige Meilen hinter unserem hüpfenden Begleiter abzeichnete. Denn es bedeutete nichts Geringeres, als dass wir den Ärmelkanal und damit den ›alten Kontinent‹ endlich erreicht hatten ...

»Ich denke, wir werden dich ›anketten‹ müssen, Stefan!«, tat Don mit ironisch verzogenem Mundwinkel seine ›Befürchtungen‹ kund, nachdem er die Crew offiziell von unserer Ankunft in Europa unterrichtet hatte. »Wir werden nämlich noch heute Nacht die Straße von Dover, also die Meerenge zwischen Frankreich und England, durchqueren und uns schon morgen vor der deutschen Nordseeküste befinden«, erklärte der Erste Offizier. »Um von dort aus in die Ostsee zu gelangen, werden wir uns nicht mit den gefährlichen Untiefen des Skagerrak und Kattegat herumschlagen, sondern stattdessen den sichereren und kürzeren Weg durch den deutschen Nord-Ostsee-Kanal wählen. In Kiel haben wir vor, unseren ausgefallenen Badeurlaub in der Karibik durch einen zweitägigen Landgang nachzuholen!« Jubel in der messhall ...

Nachdem wir am nächsten Morgen die markanten, rötlichen Steilklippen Helgolands, Deutschlands wohl bekanntester Ausflugsinsel, passiert hatten, wurden wir von einem Schlepper durch die Elbmündung bis zur Schleuse von Brunsbüttel gezogen. Hier sollte sich ein kleiner Zwischenfall ereignen: Wie bereits erwähnt und ausführlich dargestellt, lief das Zusammenspiel von Deckhands und Brücke beim Andocken des Schiffes nicht immer reibungslos ab. So sollte es – unglücklicherweise – auch diesmal sein. Aus irgendeinem geheimnisvollen Grund begann beim Manövrieren in der Schleuse das Heck der Spirit plötzlich bedrohlich weit auszuscheren – bedrohlich deshalb, weil das Tau achtern – wie auch am Bug – bereits festgezurrt war und nicht mehr allzu viel Spielraum bot. Ich hörte noch, wie jemand nach hinten einen Warnschrei abgab, doch da war es schon zu spät. Das armdicke Tau straffte sich zwischen den Pollern knirschend und zitternd in sämtlichen Fasern, bis es eine schier unerträgliche Spannung erreicht hatte und schließlich – unter der Last etlicher Bruttoregistertonnen – mit einem scharfen Peitschenknall in der Mitte auseinander riss! Ich sah die beiden Enden des Taus in einer Wolke aus Hanf und Staub voneinander wegfliegen und den am Heck befestigten Teil – an dem offenbar noch bis zuletzt gezogen worden war – blitzschnell durch sämtliche Ösen auf das Achterdeck sausen. Danach hörte man aus dieser Richtung nur noch Wehklagen. Sofort spurtete die Bugmannschaft nach hinten, um zu helfen. Achtern angelangt sahen wir einen Teil der Heckmannschaft konsterniert um das zersplissene Tauende hocken, während einige andere wimmernd von Helfern ins Deckshaus getragen wurden.

»Als das Tau riss, haben unsere Guatemalteken zu spät reagiert oder unseren Warnruf nicht richtig verstanden«, analysierte Rick an der Unfallstelle, »auf jeden Fall sind die Burschen nicht rechtzeitig ausgewichen, und da muss ihnen das Tau wohl quer über die Schienbeine gerasselt sein! Ich glaube aber nicht, dass sie ernsthaft verletzt sind – in erster Linie Schürfwunden und Schock ...«
Der Schrecken über dieses Ereignis geisterte natürlich noch eine Weile durch die Köpfe und Herzen der Besatzung, und die Verantwortlichen berieten sogleich über Maßnahmen, um Derartiges in Zukunft zu vermeiden. Nach der Mitteilung, dass die Verletzten den Umständen entsprechend wohlauf seien und lediglich ein oder zwei Tage das Bett hüten müssten, entkrampfte sich die Bordatmosphäre wieder, und man schenkte seine Aufmerksamkeit ganz der Durchfahrung des Nord-Ostsee-Kanals ...

Es war ein bizarres, irreales Bild. Ein museumsreifer Frachter mit aufgemalter Friedenstaube auf der Frontwand, gehisster ›Stars and Stripes‹-Flagge am Heck, ›Los Angeles‹-Schriftzug am Rumpf und einem ethnisch bunt durchmischten Haufen verschmutzter und zerlumpter Männer, Frauen, Kinder und Greise an Bord glitt friedlich mitten durch die Holsteinische Schweiz, zum Greifen nah an bierbäuchigen Anglern, fein gekleideten Spaziergängern, akkurat gepflanzten Alleen, vorbildlich bestellten Äckern, gestutzten Wiesen und Hecken, gestriegelten Pferden, gepflegten Reethäusern und in der Sonne glänzenden Autos vorbei. Die Menschen an Land beäugten uns wie das ›Ding aus einer anderen Welt‹, und die Crew der Spirit glaubte sich wohl endgültig im Schlaraffenland angekommen.

»I can't believe it«, staunte Jim mit großen Augen, »hier hat jeder ein nagelneues Auto!« Und Melissa, Dougs 14-jährige Tochter, war ganz entzückt von den Fachwerkbauten und der liebevollen Landschaft dieser Gegend: »Alles ist so niedlich hier!« Auch Scott und die Guatemalteken wurden nicht müde zu versichern, dass »Germany very beautiful« sei ...

Ein paar Stunden später gingen wir inmitten des ausgedehnten Kieler Hafenbeckens vor Anker und begrüßten mit den Zollbeamten ein weiteres Mal unseren Schiffseigner an Bord. Don Tipton wollte es sich nicht nehmen lassen, die letzte Etappe in die Sowjet-Union unbedingt ›life‹ an Bord mitzuerleben.

Zunächst aber erteilte der aus Amsterdam Angereiste einige Anweisungen und Verhaltensregeln für den bevorstehenden Landurlaub und beauftragte Mike, das Beiboot vorzubereiten. Beiboot? Ich hatte zwar schon zu meinem Erstaunen mitbekommen, dass die deutschen Zollbeamten unerwartet schnell und unkompliziert unsere Pässe kontrolliert hatten, aber dennoch überkamen mich gewisse Zweifel, ob unsere heimischen Ordnungshüter einfach so zusehen würden, wie ein wild durcheinandergewürfelter Haufen ›Weißer‹ und ›Farbiger‹ auf einem abenteuerlichen Kahn durch die Kieler Förde flitzt, um mal eben eine deutsche Stadt zu besichtigen ...

Doch erst einmal ging es darum, die morsche Nussschale überhaupt von ihren Aufhängevorrichtungen loszueisen und in eine Position zu bringen, von der aus sie am nächsten Morgen im Handumdrehen zu Wasser gelassen werden konnte. Diese Aktion kostete uns Deckhands einige Stunden harte Arbeit, und kohlrabenschwarze Nacht hatte sich längst über die Lichter der Stadt gesenkt, als wir damit fertig wurden. Auf dem Weg in meine Kabine kam ich an unserer Pinnwand vorbei, an der mittlerweile zwei Listen bezüglich der ›Landgänger‹ hingen. Hiernach erhielt jeweils eine Hälfte der Besatzung einen Tag Urlaub in der Stadt, während die andere an Bord blieb und Dienst zu leisten hatte. Mein Name stand als Einziger auf beiden Listen ...

»Dafür musst du dich aber auch als Fremdenführer betätigen!« mahnte mich Don Tipton am nächsten Morgen augenzwinkernd und war sichtlich froh – nachdem Peter für die Dauer unseres Zwischenstopps zu seiner Mutter nach Hamburg abgereist und damit als Dolmetscher ausgefallen war –, dass bei beiden Landgängen wenigstens eine deutschsprachige Person zugegen sein konnte.

Und dann geschah das, was ich kaum für möglich gehalten hätte: 35 Männer, Frauen und Kinder von der anderen Seite des Erdballs kletterten inmitten der Kieler Förde über ein klappriges Fallreep die rostige Bordwand eines alten Frachters hinab, stiegen in ein motorisiertes Aluboot um, knarrten damit an Schwänen und Enten vorbei zur nächstbesten Uferstelle und hüpften dort ›einfach so‹ auf den frischgemähten Rasen der Hafenpromenade – auf europäischen, deutschen Boden. Und seltsamerweise schien dies auch ein völlig normaler Vorgang zu sein, der niemanden ernsthaft interessierte ...

Welch eine Wohltat aber war es, sich nach sechswöchiger Abstinenz wieder von saftiger, weicher Wiesenerde tragen und belaubten Buschzweigen streifen zu lassen, den unvergleichlichen Duft von Blumen und Baumharz zu inhalieren und wieder das vertraute Knirschen von Kies unter den Schuhsohlen zu vernehmen! Doch schenkte man sich kaum Zeit, dies alles gebührend zu geniessen, denn schon richtete ein kleiner ›Tante-Emma-Laden‹ am Wegesrand das Interesse wieder auf die weltlichen Verlockungen an

Land. Unsere Guatemalteken hatten das kleine Häuschen zuerst erspäht und schickten sich an, es überfallartig zu erobern. Das freundliche, beherrschte Ehepaar hinter der Theke bemühte sich redlich, die vielen verschiedenen, beinahe gleichzeitig vorgetragenen Konsumwünsche von etwa einem Dutzend Mittelamerikaner zu befriedigen bzw. erst einmal zu verstehen. Die größten Schwierigkeiten bereitete den neuen Kunden aus Übersee dabei offenbar die Tatsache, dass ein kleiner Gemischtwarenhandel nun mal keine öffentliche Briefmarken-Verkaufsstelle war, worauf der gute Mann hinter dem Ladentisch verzweifelt den Weg zur nächsten Postfiliale zu beschreiben versuchte. Als wir mit vereinten Kräften schließlich auch diese Problematik aus der Welt schaffen konnten und den Laden annähernd leergeplündert wieder verließen, fiel mir auf, dass ich der Einzige war, der keinen klebrigen Schokoriegel, keine raschelnde Chipspackung, keinen triefenden Eisstängel oder keine kleckernde Milchtüte in Händen hielt – von wegen Traumberuf Dolmetscher ...

Der nächste Tumult folgte auf dem Fuß. Unser internationaler Treck hatte sich von den gediegenen Grünanlagen des Hafenbereichs wegbewegt und an einer städtischen Bushaltestelle versammelt. Noch bevor ich die Fahrpläne Kiels richtig studieren und das kostengünstigste Ticket für die gemeinsame Fahrt in die City ermitteln konnte, kam prompt – was im Alltag so gut wie niemals geschieht – der Linienbus herangebraust. Um möglichst keine Zeit zu verlieren, stiegen wir allesamt sofort ein, was zur Folge hatte, dass der bis dahin nur halb besetzte Bus im Nu überfüllt war und der Fahrer durch den Verkauf von 35 Tickets wohl etwas überfordert schien ...

In der schmucken Fußgängerzone der schleswig-holsteinischen Landeshauptstadt teilten wir uns dann in mehrere Gruppen auf, da es kaum möglich schien, alle Einzelinteressen in der gebündelten Masse ausreichend berücksichtigen zu können. So wollten beispielsweise Don, Scott und Rick deutsche Kulturgüter besichtigen, Cindy, Paddy und Heather hingegen einfach nur bummeln und ›shoppen‹, Linda und Mike die hiesige Küche kosten und die Guatemalteken endlich ihre langersehnten Briefmarken erwerben. Gern wäre ich Don und Scott beim Lesen deutscher Gedenkinschriften hilfreich zur Seite gestanden, doch ehrlich gesagt übermannte mich der Appetit auf heimatliche Gerichte und so schloss ich mich den beiden Verlobten an ...

»Die Menschen hier sahen alle so gesund aus«, stellte mein Zimmergenosse Phillip an Bord der Spirit noch einmal resümierend fest, als wir am übernächsten Tag Anker lichteten, und uns einige Seeleute vom Turm eines einlaufenden deutschen U-Boots aus zuwinkten.

» ... und ich mag auch ihre höfliche und zurückhaltende Art.«

»Ja, und alles ist so sauber und ordentlich gewesen in dieser Stadt – sehr funktionabel, das Ganze«, ergänzte der Erste Offizier anerkennend.

» ... und ʼne Menge hübscher, hoch gewachsener Ladys obendrein ...«, schob der Gitarrenspieler nach, bevor er sich wieder seiner Elektronik und Don sich seiner Nautik widmete.

Kurz darauf ließen wir die Kieler Förde hinter uns und nahmen die letzte Etappe unserer langen Reise auf, die Durchfahrung der Ostsee.

»Danke, es geht schon wieder!«, sagte Patrick leise und hielt sich die Hand an die Stirn. Unser kleiner ›Allround-Man‹ hatte sich von dem Tau-Unfall in der Schleuse immer noch nicht ganz erholt und lag noch mit leichtem Fieber in der Koje. Obwohl er nicht gerade zu meinen dicksten Freunden an Bord zählte, hielt ich es doch für angebracht, ihm wenigstens einmal einen Krankenbesuch abzustatten. Dem Ausdruck seiner Augen nach zu urteilen, musste er sich hierüber wohl genauso gewundert haben wie ich selbst ...

Auch Jim war an diesem Tag leicht erkrankt und hütete das Bett. Ich brachte ihm Mittags eine Kleinigkeit zu essen und zu trinken, worauf er mir sein hellblaues ›Earth-Troops‹-Sweat-Shirt schenkte. Kurz darauf musste ich unseren geschwächten ›Ober-Deckhand‹ jedoch schon wieder verlassen, da die gesamte Crew unvermittelt in die Messe bestellt wurde.

»Ich habe von Don Tipton eine Anweisung erhalten«, verkündete Douglas dort vor versammelter Mannschaft, und seine Tonlage mochte nichts Gutes verheißen, »und zwar, dass wir …«– er hielt jetzt für einen Moment inne, als ob ihm das nun Folgende höchst peinlich und unangenehm sei – »das gesamte Schiff umstreichen sollen!«

Dieser Satz schlug verständlicherweise ein wie eine Bombe. Das Schiff umstreichen?! Wozu? Wir hatten die Spirit doch erst vor wenigen Wochen so gut wie restauriert! Was sollte das also? Das Missfallensgemurmel der Crew war unüberhörbar, doch Doug zuckte nur die Achseln und sagte:

»Befehl von Don – tut mir Leid, Jungs! Ich versteh's auch nicht …«

»Vielleicht hat's ja was mit den Russen zu tun?!«, spekulierte Jim geheimnisvoll, als ich ihm in seiner Kabine von den ›Neuigkeiten‹ berichtete.

»Aber was?«, fragte ich zurück, und hierauf fanden wir selbstverständlich beide keine Antwort. Sie sollte auch im Dunkeln bleiben …

Die nächste Hiobsbotschaft ließ nicht lange auf sich warten. Wir hatten nicht mehr genügend weiße Farbe an Bord, worauf Don anordnete, das gesamte Schiff in Dunkelblau zu streichen. Die Stimmung der Crew rutschte in den Keller.

»Weißt du, wie wir dann aussehen?«, fragte mich Peter entsetzt, »wie ein Totenschiff!«

Da nur noch knapp zwei Tage bis zu unserer Ankunft in der Sowjet-Union verblieben und die fragwürdige Aktion aus irgendeinem mysteriösen Grunde bis dahin anscheinend unbedingt abgeschlossen sein musste, wurde kurzerhand die gesamte Besatzung bis in die Nacht hinein zum Pinseln verdonnert. Kleinste Anlässe genügten nun schon, um das erboste Blut in Wallung zu bringen und Unruhe zu stiften. Solche Stichflammen verpufften zwar in der Regel ebenso schnell, wie sie entzündet waren, doch blieb ein allgemeiner Unmut unter der Crew zurück, sodass für die nächsten zwei Tage nur noch das Nötigste miteinander kommuniziert wurde. Fast schien es, als werfe das finstere Sowjet-Reich schon seine unheilvollen Schatten voraus …

Mein Seelenheil in diesen letzten 48 Stunden unseres siebenwöchigen Mammut-Trips um die halbe Erde fand ich überraschenderweise auf der Brücke. Denn zum krönenden Abschluss wurde mir die große Ehre zuteil, die Spirit eigenhändig durch die Ostsee steuern zu dürfen! Unendlich stolz fühlte ich mich, dort oben breitbeinig vor dem hölzernen Rad zu stehen und den vollbeladenen Frachter ›im Endspurt‹ seinem Zielhafen zuzuführen. Obwohl das baltische Binnenmeer sich in diesen Hochsommertagen schon fast als stehendes Gewässer präsentierte, merkte ich schnell, wie schwierig es war, unsere schwimmende Kleinstadt so zu bewegen, dass die Kompassnadel die vorgegebenen Winkelgrade unseres Kurses möglichst genau deckte. Insbesondere das Gegensteuern des Schiffes nach einer plötzlichen, größeren Abweichung verlangte Fingerspitzengefühl, Übung und Erfahrung, die erst noch gewonnen werden wollten.

»No problem!«, beschwichtigte Don, als ich auf einen Fingerzeig von Franco zurückblickte und an den Schlangenlinien unseres Kielwassers meinen chaotischen Fahrstil erkennen musste. Die spiegelglatte See entlarvte eben so manches ...

Zwischenzeitlich waren die mühseligen Malerarbeiten beendet und die Spirit nicht mehr wieder zu erkennen: von oben bis unten in schauderhaftes, gespenstisches Dunkelblau getaucht – sogar Hectors Friedenstaube hatte dran glauben müssen – glichen wir eher dem ›fliegenden Holländer‹ als einer heilbringenden ›Arche Noah‹. Jim, Peter und ich hätten heulen können bei diesem Anblick, und Don Tipton ward nicht mehr gesehen an Deck bis zu unserer Ankunft. Man munkelte, ihm sei unwohl gewesen ...

Die Vorboten aus dem ›Reich des Bösen‹ häuften sich indes. Das Meerwasser wurde trüber, die Wolken grauer und die entgegenkommenden Schiffe immer schrottreifer. Rick hatte nun wieder das Steuer übernommen, da in der seichten, boddenähnlichen Bucht von Riga schwierigere Manöver erwartet und beherrscht werden mussten. Angesichts des unmittelbar bevorstehenden Endes unserer Reise und der völlig neuartigen Eindrücke, die in Kürze auf uns zukommen sollten, wandte sich nun der Erste Offizier an die gesamte Besatzung, erläuterte in knappen Worten das politisch-gesellschaftliche System sowie die aktuelle historisch-wirtschaftliche Situation in der UdSSR und erteilte Verhaltensregeln, wie sie in einem ›Land unter kommunistischer Herrschaft‹ unbedingt zu befolgen seien.

»Take care, we're now intruding a country that has been attacked by satan for many years« – »Seid vorsichtig, wir dringen nun in ein Land ein, das seit vielen Jahren von Satan angegriffen wird!«, lautete dabei der Satz, den ich wohl nie vergessen werde ...

Mystisch-marode waberte David Bowies ›Ashes to Ashes‹ aus Rons Walkman, als wir die Hafeneinfahrt der lettischen Hauptstadt erreichten, und kein anderer Popsong hätte wohl besser jene eigentümliche Untergangsstimmung wiedergeben können, die uns dort empfing: altmodische Leuchtturmanlagen, verrostete Schiffsgerippe an bröckelnden Kaimauern oder in zerfallenen Trockendocks, stinkendes, braunes Brackwasser, trist blickende, zerlumpte Gestalten auf der Mole, die keine Begrüßungsrufe der Crew erwiderten, klapprige, hoffnungslos veraltete Lastwagen auf unbefestigten, holprigen Pisten, streunende Hunde an morschen Bretterverschlägen, ruß- und schwefelqualmende Industrieschlote und eine primitive Propellermaschine, die schwerfällig über unsere Köpfe hinwegknatterte. Das Einzige, was einigermaßen intakt wirkte, waren die ›CCCP‹-beschrifteten, mit dem ›Roten Stern‹ beflaggten Kriegsschiffe des Militärhafens, den wir steuerbords passierten. Ansonsten aber vermittelten die heruntergekommenen Hafenanlagen mit ihren zahlreichen, riesigen, aber durchweg untätigen Kränen ein äußerst trostloses Bild unseres Zielorts. Vergeblich wartete man auf den Regie-Assistenten, der da hinter einer Leinwand hervortrat und eine Drehpause für den Monumental-Endzeit-Thriller verkündete ...
Dunkle, schroffe Gesichter in Polizei- und Militäruniformen musterten uns argwöhnisch, als wir am wohl schäbigsten Pier des lang gezogenen Hafens endlich anlegen durften. Obwohl die Crew diesem Augenblick gespannt entgegengefiebert hatte, hielt sich die Begeisterung nun doch in Grenzen. Zu ausgelaugt waren unsere Körper, zu nachhaltig die Verärgerung über die Pinsel-Orgie auf See und vor allem zu niederschmet-

ternd die ersten Eindrücke von der großen zweiten Weltmacht, als dass uns nach Freudensprüngen zu Mute war. Aus irgendeinem Grund – möglicherweise wegen sprachlicher Verständigungsschwierigkeiten – konnten zudem die Zollformalitäten an diesem Abend nicht mehr abgeschlossen werden, sodass uns zunächst ohnehin nichts anderes übrig blieb, als in die Kojen zu schlüpfen und den morgigen Tag abzuwarten ... Als wir am folgenden Morgen, am 19.08.1991, die Messe betraten, um unser Frühstück einzunehmen, empfing uns dort eisiges Schweigen. Don Tipton stand mit versteinerter Miene und scheinbar um Jahre gealtert am Pult und wartete, bis das letzte Besatzungsmitglied Platz genommen hatte. Dann ergriff er das Wort und sprach mit leicht zittriger Stimme:

»Meine Brüder und Schwestern, soeben hat uns aus Moskau eine sehr ernste Nachricht ereilt: Der Staats- und Parteichef der Sowjet-Union, Michail Gorbatschow, ist auf der Krim von Putschisten unter Arrest gestellt worden. Wer im Augenblick die UdSSR regiert, ist unklar! Der gesamte Staatenbund befindet sich im Ausnahmezustand, und die Spirit ab sofort unter Quarantäne. Keiner darf das Schiff verlassen, Militär bewacht uns ... Freunde – ich glaube, wir müssen jetzt beten!«

12. DIE WELT IN ATEM

»Wer zu spät kommt, den bestraft das Leben!«, hatte ›Gorbi‹ knapp zwei Jahre zuvor noch der verknöcherten Führung der ehemaligen DDR öffentlich zugeflüstert. Jetzt sah es so aus, als ob er selbst von den Entwicklungen im eigenen Land überholt werden würde. Doch die UdSSR war nicht die DDR. Was würde passieren, wenn dieses gewaltige, kränkelnde Imperium endgültig zusammenbräche, Chaos und Anarchie dort Einzug hielten und Militärs oder obskure Einzelkräfte die Kontrolle über die atomare Supermacht an sich rissen?

Keiner wollte es aussprechen, aber schon geisterte das Gespenst des Dritten Weltkriegs wieder in manchen Köpfen, zischten die Cruise Missiles zwischen Moskau und Washington gedanklich munter hin und her. Alles schien wieder ›möglich‹ an diesem unscheinbaren Tag im Sommer 91...

Doch warum gerade jetzt? Warum gerade hier? Warum gerade wir? Ein Teil der Mannschaft glaubte – wie auch Don Tipton – nicht an einen Zufall, sondern an göttliches Wirken. Die Spirit als das weiße Ross, welches das Licht des Glaubens in die dunklen Gründe des sozialistischen Urreichs getragen und dieses fundamental erschüttert habe – eine Vorstellung, an der man durchaus Gefallen finden konnte ...

Noch aber dümpelte das dunkelblaue weiße Ross fest verzurrt und unter den strengen Blicken rundgesichtiger, blasser Soldaten im fauligen Hafenwasser von Riga vor sich hin und lief jeden Augenblick Gefahr, vollbeladen wieder in die USA zurückgeschickt zu werden. Vollbeladen wieder zurück? Ein fast grausamer Gedanke angesichts der Entbehrungen und Strapazen, die wir über uns ergehen hatten lassen, um gerade dem Land zu helfen, das uns nun nicht aufnehmen wollte! Konnte das Schicksal so sarkastisch sein?

Doch die Vorsehung sollte es diesmal gut meinen mit uns und dem Rest der Schöpfung. Nach einer schier unendlichen Nacht voll bitterer, quälender Stunden verriet Don Tiptons aufgekratztes Gesicht am nächsten

Morgen, dass sich zwischenzeitlich etwas getan haben musste auf der großen, unberechenbaren, stets für Überraschungen sorgenden Weltbühne.

»Liebe Brüder und Schwestern«, begann der Beleibte mit unterdrückter Hast und wirrem Haupthaar, »ich habe Neuigkeiten, die Hoffnung machen, dass sich möglicherweise alles zum Guten wenden könnte: Gorbatschow ist offenbar unversehrt wieder freigelassen worden, und ein anderer, ebenfalls reformorientierter russischer Politiker soll in Moskau auf einen Panzer gestiegen sein und das Zepter übernommen haben! Sein Name ist Boris Jelzin ... Meine Freunde, lasst uns Gott danken für diese glückliche Fügung und beten, dass der Herr dem neuen Mann in Moskau den Weg zeige und das Richtige bei seiner schwierigen Aufgabe tun lasse!«

Dann beteten wir gemeinsam das ›Vater unser‹ für die Menschheit im Allgemeinen und Boris Jelzin im Besonderen, und diesmal herrschte wirklich so etwas wie Andacht zwischen den Fenstern der messhall ...

Doch noch hatten wir kein ›grünes Licht‹ für unseren Aufenthalt und das Abladen der Fracht. Einige bange Stunden mussten noch ertragen werden, bis schließlich ein etwa 40-jähriger Mann mit Brille und fettigen Haaren in Begleitung einer Hand voll Soldaten und Polizisten an Bord kam und mit schwerem russischen Akzent sein ›Okay‹ gab. Eine Welle der Erleichterung ging durch die Crew. Vergessen war im Nu alle körperliche und seelische Pein der vergangenen Stunden, Tage und Wochen, wie weggewischt so manches Ärgernis und so manche Enttäuschung. Jetzt gab es nur noch eins: abladen und endlich den Fuß auf sowjetisches Territorium setzen ...

Nun begann es wieder, das quirlige Treiben an Deck und am Kai, wie ich es schon in San Pedro miterlebt hatte. Als Erstes wurde dem PKW des Käptns das Ladegeschirr untergeschoben, da dieser auf der Abdeckplatte von hole 1 ›parkte‹ und damit den Zugang zum Frachtraum blockierte. Nach Öffnen der Luke kurbelte Rick die Ladebügel ins hole hinab, wo sie von den bereits ungeduldig wartenden Deckhands mit Weizensäcken bestückt wurden. An Land hatte man mittlerweile mit

einem der turmhohen, auf Gleisen fahrenden Hebekräne einen leeren
Seecontainer herbeigeschwenkt und wenige Meter vor der Bordwand
abgestellt. Dann wurde eine kleine Menschenkette gebildet, um die vom
Schiff herüberbugsierten Säcke möglichst schnell von der Palette zu
heben und – von Hand zu Hand – in den eisernen Kasten zu befördern.
Nachdem die Palette auf diese Weise abgeräumt war, löste man sie von
den Bügeln und ließ das leere Gestänge wieder von Rick ins hole zurück-
manövrieren – wo schon die nächste Ladung bereitstand. Dieser Zyklus
bestimmte unsere Tätigkeit für die nächsten Tage rund um die Uhr …

Die sonnigen Gemüter der Guatemalteken traf es besonders hart. Doch
auch den US-Amerikanern Phillip, Peter, Scott, dem wieder genesenen
Jim und mir als (West-)Europäer setzte die dumpfe, depressive Stimmung, das sozialistische ›Grau in Grau‹ und der Anblick der kaputten
Infrastruktur dieser Stadt merklich zu. Unsere Arbeitsschicht hatte zum
ersten Mal Landgang, und alle waren einverstanden gewesen, zu Fuß
ins Zentrum zu laufen, um dadurch einen besseren Eindruck von der
›anderen Seite‹ zu gewinnen. Wer nun aber geglaubt hatte, mit den
leblosen und vergammelten Hafenanlagen den hässlichen Teil der Stadt
gesehen zu haben, der wurde eines Besseren belehrt. Baufällige, drecki-
ge Mietskasernen mit beschädigten Eingängen, morschen Fensterrah-
men und abblätterndem Putz, grabenähnliche Schlaglöcher in welligem
Kopfsteinpflaster, schief platzierte oder abgebrochene Randsteine, rie-
sige Bürgersteig-Quadratplatten, uralte, in sämtlichen Fugen quietschen-
de und rasselnde Straßenbahnen, blau-grauen Rauch ausstossende Au-
tobusse, scheppernde Ladas sowie muffig und unzufrieden drein-
schauende Zeitgenossen erwarteten uns hinter den Schranken des
Hafenbereichs. Der auffällige, fast schon brutale Kontrast zu den noch
frischen, durchweg positiven Eindrücken von Deutschland war für einige nicht zu fassen.

»Da fährt man nur zwei Tage weiter gen Osten, und dann so etwas …«,
staunte Jim, und die anderen nickten.
Nach einem ausgedehnten Spaziergang durch die Altstadt mit ihren

wuchtigen, wilhelminisch geprägten Präsentationsbauten landeten wir schließlich im größten (und wahrscheinlich einzigen) Hotel von Riga. Da die Banken bereits geschlossen hatten, Lebensmittelgeschäfte halb leer bzw. nicht vorhanden waren, tauschten wir an der Rezeption ein paar Dollar in Rubel um und deckten uns im Hotel-Shop ein weiteres Mal mit Lebensmitteln ein, die es auf der Spirit nicht gab und nach denen wir schon einen regelrechten Heißhunger entwickelt hatten. Als die junge Verkäuferin des Ladens dabei erfuhr, dass wir mit einem Schiff aus Amerika angekommen waren, leuchteten ihre Augen plötzlich riesengroß auf. Schnell blickte sie über die Schulter, schob mich dann ein wenig hinter die Regale und flüsterte mir in gebrochenem Englisch aufgeregt, fast flehentlich zu:

»Aus Amerika?! Mein Gott – können sie mich mitnehmen? Ich möchte raus aus diesem schrecklichen Land! Wir wissen überhaupt nicht, wie es hier weitergehen soll ... vielleicht gibt es Krieg – es ist alles so furchtbar!«

Obwohl es augenscheinlich reine Illusion gewesen wäre, das Mädchen unbemerkt an Bord schleusen und gar als blinden Passagier in die Freiheit ›schmuggeln‹ zu können, sann ich doch für einen Moment nach einer ›Lösung‹. Gottlob aber schien die Vernunft bei der anständigen Lettin ein bisschen eher einzusetzen als bei mir, denn schon bald gestand sie sich ernüchtert ein:

»Aber das geht ja alles gar nicht! Wir würden bei unserem Zoll nie durchkommen ... ›sie‹ würden mich nicht einmal den Hafenbereich betreten lassen ...« Mit diesen Worten begab sie sich wieder an die Kasse, da Kundschaft wartete.

Am Abend beschlossen wir, die Landesküche zu kosten, und nach langem Suchen fanden wir schließlich auch ein Restaurant, das einen halbwegs appetitlichen Eindruck machte. Nicht jeder von uns sollte allerdings die Gesichtskontrolle des Türstehers bestehen. Ein paar unserer mittelamerikanischen Freunde blieben wegen ›legerer Kleidung‹ auf der Strecke und mussten sich draußen mit dem Eingekauften aus der Plastiktüte begnügen – oder mit den Tortillas an Bord ...

Nachdem wir ›Auserwählte‹ wegen Überfüllung der Räumlichkeiten noch eine halbe Stunde am Eingang des Lokals verharren durften, wies uns der Ober an einen Platz, den wir eigentlich gar nicht wollten. Die unbequemen Holzstühle, die wackligen Tischbeine, die schmuddlige Decke und das öde Blumengesteck übersahen wir und bestellten sogleich das einzige Gericht, welches laut Speisekarte Sättigung und Geschmack versprach: ein ›Beefsteak‹. Als dieses – nach ›Genuss‹ einer undefinierbaren, spülwasserähnlichen Vorsuppe – in Form eines gerademal bulettengroßen Fleischhäufleins inmitten einer grünlichen Senfsauce endlich serviert wurde, wäre der Magen allein schon aus optischen Gründen am liebsten wieder zusammengeschrumpft. Doch die Gier nach etwas ›Nichtmexikanischem‹ besiegte schließlich den Sinn fürs Ästhetische, und so stopften wir das gehackte Etwas rücksichtslos in uns hinein und ließen es uns sogar noch schmecken …

Auf dem Rückweg zum Schiff entdeckten wir in einer der großen Hauptstraßen hinter staubigen Schaufensterscheiben das ›Staatliche Telegrafenamt‹ – die scheinbar einzige Einrichtung in der ganzen Stadt, die über Telefonzellen verfügte. In der naiven Vorstellung, von dort aus einfach so in die Heimat telefonieren zu können, betraten wir den ungepflegten Schuppen und versuchten, zwischen den kyrillisch beschrifteten Schaltern, den geschäftig hin- und hertippelnden Angestellten und den teils anstehenden, teils sitzenden oder zu einer der Zellen eilenden ›Kunden‹ irgendein System herauszufiltern. Da dies misslang, reihten wir uns einfach hinter einen x-beliebigen Schalter ein, um zu sehen, was passiert. Nun – es passierte nichts. Dies bedeutete, dass wir nicht drankamen, als wir eigentlich dranwaren. Die stämmige Dame hinter dem Schalter behandelte uns wie Luft und rief nach dem nächsten ›Teilnehmer‹. Nach dessen Abfertigung verschwand sie dann unvermittelt hinter den Kulissen. Einige Zeit später tauchte sie dann ebenso plötzlich wieder auf und setzte sich wieder an den Schalter – allerdings an einen anderen. Wir begannen also das schöne Spiel wieder von vorne, stellten uns diesmal aber bewusst dort an, wo ausgesprochen reger Betrieb herrschte. Nach etwa einer Viertelstunde Wartezeit drückte uns der Mann hinter diesem Schalter dann ein Formular in die Hand und erklärte in einem Kauderwelsch aus Deutsch und Englisch, was wir dort wo und wie auszufüllen hätten. Mit Hilfe einiger Fantasie bekritzelten wir also das Blatt und begaben uns anschließend – wie vorgegeben – wieder zurück an den ersten Schalter. Dort durften wir weitere 15 Minuten warten, um schließlich von unserer stämmigen Dame mit einem barschen »Kommen morgen, bitte!« abgefertigt zu werden. Das war zu viel. Einem Wutanfall nahe erklärte ich der Angestellten mit Händen und Füßen, dass ich nicht nach Amerika, sondern lediglich in das viel nähere Deutschland telefonieren wollte. Da schien sie sich doch etwas zu erweichen und sagte: »Kommen in einer Stunde, bitte!«

Als ich dann nach einer Stunde wiederkam, saß am gleichen Schalter plötzlich eine junge lächelnde Brünette. Ich reichte der Frau das Formular, worauf sie mir einen Zettel mit der anzuwählenden Nummer gab und mich damit zu einer der Zellen wies. Dort funktionierte dann wider Erwarten alles ›ganz normal‹, und ich konnte ›ohne weiteres‹ mein Ferngespräch führen. Ob es den anderen jemals gelang, nach Amerika zu telefonieren, entzieht sich leider meiner Erinnerung ...

An einem der folgenden Tage hatte die Spirit ihren ersten ›Ökoschaden‹. Der Hafenbehörde war ein kleiner Ölteppich um unser Schiff herum aufgefallen, und so verlangte man wahlweise die Beseitigung des Missstands oder die Zahlung einer relativ empfindlichen Geldbuße. Da der schnöde Mammon zu unseren knappsten Gütern an Bord zählte, entschied sich die Schiffsführung natürlich für Ersteres. Die Ursache des Ölauslaufs wurde dabei schnell gefunden und entsprechend abgestellt, die Entfernung der dickflüssigen, schwarzen Brühe aus dem Wasser beanspruchte jedoch schon etwas mehr Zeit und Mühe. Verklum-pungen und sonstige gröbere Partikel versuchten wir Deckhands mittels Rechen, Strohbesen und unzähligen Lumpen von unserem kleinen Holzkahn aus manuell aus dem Wasser zu fischen – eine zähe, langwierige Angelegenheit und nichts für ›Sonntagsklamotten‹. Dennoch stellte diese Dreckarbeit für uns eine gewisse Abwechslung von der tagtäglichen Routine des Abladens dar, und wann hatte man auch schon die Gelegenheit, stundenlang mit einem Ruderboot um den mächtigen Rumpf der Spirit herumzuschippern, unter ihrem ausladenden Heck und kühn vorschießenden Bug hindurchzufahren, ihre hohen Bordwände einmal aus der ›Fischperspektive‹ zu erleben und ihr riesenhaftes, durch das Abladen vieler Tonnen Frachtgut entblößtes Ruderblatt zu berühren? Den mechanisch nicht greifbaren Ölfilm versuchte man mit Netzen gebündelter Schaumstoffkörper aufzusaugen. Selbstverständlich gelang uns die vollständige ›Renaturierung‹ des ohnehin total verschmutzten Hafenwassers um unser Schiff herum nicht ganz, aber nach zwei Tagen Pantschen und Wringen waren wir immerhin so weit, dass wir kein Bußgeld zahlen mussten – dafür aber neue Klamotten brauchten …

Nach etwa anderthalb Wochen Arbeit am Kai waren die Weizen-, Reis- und Mehlsäcke, die Nudelpackungen, die Motorteile, die Zahnarzt- stühle usw. komplett abgeladen und zum Teil – per Bahn oder LKW – auch schon zu den Bedürftigen weitertransportiert worden. Das Eis zwischen der Spirit-Crew und den anfangs wortkargen Hafenarbeitern und Soldaten war mittlerweile aufgetaut. Die Uniformierten verhökerten Militärsouvenirs, die Arbeiter luden uns zum Wodka ein, und sogar der zu Beginn so muffige Zollbeamte mit den fettigen Haaren zeigte sich zunehmend gut gelaunt und bildete mit Don und dem Rest der Schiffs- führung fast schon so etwas wie ein Team.

Jetzt war die Zeit reif für die eigentliche Mission. Auf Anweisung von Don Tipton wurden die russischen Bibeln aus hole 3 abgeladen. Danach stellten Douglas, Jamie, Colleen und Don Gruppen zusammen, mit de- nen sie in der Stadt den christlichen Glauben verkünden und zum Be- such auf unser Schiff einladen wollten.

»Ich glaube, das ist nicht so mein Ding«, erwiderte ich etwas klein- laut, als Don auch mich ›rekrutieren‹ wollte.

»Nicht dein Ding?!«, fragte der Erste Offizier mit schiefem Blick, »well, Stefan, für diesen Fall spricht die Bibel von zwei Möglichkeiten: Entweder der Betreffende glaubt nicht richtig, …«

»Oder?«

»Oder er schämt sich deswegen!«

Don sah mich jetzt noch schräger an als vorher.

»Ich glaube daran, aber in meinem Land betreiben wir das einfach anders ...«

Damit gab sich der Amerikaner noch nicht zufrieden und sagte:

»Wenn dein Land in der Fußballweltmeisterschaft gewinnt, dann würdest du doch auch mit der deutschen Flagge winken, oder!?«

»Nein, das würde ich nicht tun!«, antwortete ich, wobei ich den Vergleich ohnehin für leicht missglückt hielt.

»Okay«, lenkte er ein, »ich will niemanden zwingen, etwas zu tun, was gegen seine Einstellung oder Überzeugung ist, aber vielleicht begleitest du die anderen und beobachtest das Ganze erst einmal, hm?!«

Damit konnte ich mich schon eher anfreunden, und so schloss ich mich einer Gruppe an, deren Mitgliedern ein einigermaßen moderates Auftreten in der Öffentlichkeit zugetraut werden konnte. Denn ein Megafon, wie Patrick es mitführte, hielt ich nicht unbedingt für das geeignetste Mittel, um Menschen zum Glauben zu führen ...

Die Spirit-Crew verteilte sich also über die gesamte Innenstadt, sprach Männer wie Frauen, Jugendliche wie Greise, Reiche wie Arme, mitten auf den Straßen, im Park, im Hotel oder in den öffentlichen Verkehrsmitteln an, händigte die Neuen Testamente aus und versuchte, mit Händen und Füßen deren Inhalt zu erklären. Schon bald bildeten sich größere und kleinere Menschentrauben um die Vortragenden, und nicht selten entwickelten sich vor Ort lebhafte und interessante Gespräche und Diskussionen über Gott und die Welt. Entgegen meiner Einschätzung ließen sich dabei einige der Zuhörer dann auch tatsächlich im Namen des christlichen Glaubens per Handauflegung ›taufen‹ ...

Die Resonanz der Bürger von Riga auf unseren ersten ›Tag der offenen Tür‹ an Bord war beeindruckend. Das Schiff, das nach Abschluss des Löschvorgangs nun an einem wesentlich city-näheren Kai liegen durfte und daher von weitaus mehr Menschen als üblich wahrgenommen werden konnte, erfreute sich gleich am ersten Wochenende eines nie gekannten Besucherstroms. Insbesondere auf Familien,

Kinder und neugierige junge Frauen und Mädchen übte unser ›drolliger‹ blauer Frachter mit dem weißen Schriftzug eine ungeahnte Anziehungskraft aus.

Als ich die messhall betrat, um mir das Ganze einmal anzuschauen, winkte mich prompt Don an einen der vollbesetzten Tische.

»Wir brauchen deine Hilfe, Stefan!«, sagte er mit wichtigem Gesichtsausdruck, »Kannst du dem jungen Mann und seiner Frau hier übersetzen, was ich ihnen sagen will? Er kann nämlich nur wenig Englisch, sie aber ganz gut Deutsch!«

Ich willigte ein und setzte mich neben Don den beiden gegenüber. Sie waren etwa um die dreißig, dunkelblond und von jenem ›festen‹ Gesichtsschnitt, den wir Westeuropäer generell für typisch russisch halten, der nun aber in diesem Fall – und darauf bestand der Mann mit den grauen Wolfsaugen nachdrücklich – lettischer Abstammung war.

Don trug den beiden nun ausgewählte Bibelstellen vor, die der Festigung des Glaubens insbesondere in atheistisch geprägten Gesellschaften dienen sollte, und ich dolmetschte sie Satz für Satz.

»Danke, Stefan!«, sagte der Weißgelockte am Ende zu mir, »ich habe zwar nicht alles verstanden, was du ihnen gesagt hast, aber ich glaube, du hast einen guten Job getan!«

Während sich der Erste Offizier nun wieder um andere Gäste kümmern musste, unterhielt ich mich mit dem lettischen Ehepaar noch ausführlich über die UdSSR, USA, Deutschland und Sport. Guido – so hieß der Mann – schwärmte davon, einmal in Deutschland an einem internationalen Marathonlauf teilnehmen zu dürfen und klagte über die ›russische Besatzungsmacht‹, die so etwas nicht zuließe. Die Russen, die etwa die Hälfte der Einwohner von Riga bildeten, hätten der lettischen Bevölkerung alles abgenommen und unterdrückten diese. Daher sehne er – wie alle seine Landsleute – nichts eher herbei als die Unabhängigkeit Lettlands von der UdSSR. Noch ahnte ich nicht, wie nahe dieser Tag und wie wichtig diese Begegnung für mich sein sollten …

13. Das Ende der Stahlfigur

Am folgenden Tag traf ich mich mit Marika, einem netten Mädchen, das ich an Bord kennen gelernt hatte, in der Stadt wieder. Nach einer Tasse Cappucino bummelten wir durch die Straßen Rigas und kamen irgendwann an einem Kino vorbei. Obwohl ›Das fliegende Auge‹ nicht gerade ein ›Frauenfilm‹ war, nahm die junge Lettin meine Einladung an, und wenige Minuten später fanden wir uns in einem hoffnungslos überfüllten Kinosaal wieder. Der Film war nervenzerfetzend. Allerdings nicht wegen seiner Actionszenen, sondern auf Grund der eigenartigen Synchronisation. Denn im Gegensatz zu der bei uns üblichen professionellen Technik hielt man es hier nicht einmal für nötig, den Originalton abzustellen, sondern begnügte sich damit, die russische Übersetzung einfach verbal ›draufzuknallen‹. Das so entstehende heillose Durcheinander von leiserem Amerikanisch und brachial überlagerndem Russisch strapazierte die akustische, geistige und nervliche Toleranzgrenze des Kinobesuchers bis aufs Äußerste. Zusätzlich verlor der Streifen durch die einhergehende Leiserstellung von Nebengeräuschen wie Explosionen, Schüssen und Reifenquietschen dramatisch an Spannung. Nach diesem Film sah ich Marika nie wieder …

Am Abend desselben Tages kündigte Don Tipton etwas an, wovon bis zu diesem Zeitpunkt immer nur trefflich spekuliert worden war: einen zweitägigen Besuch der gesamten Crew im schönen russischen Leningrad bzw. heutigen Sankt Petersburg. Für übermorgen war die Bahnfahrt dorthin angesetzt, doch nicht um Urlaub zu machen, sondern um Arme zu speisen und Sünder zu bekehren – in einem extra dafür zur Verfügung gestellten Stadion. Da das geplante Rahmenprogramm – Musik, Auftritte und Predigten – für mich wieder einmal zu sehr nach ›Rambazamba‹ roch, klinkte ich mich weitgehend unauffällig aus dem Vorhaben aus, indem ich mich für diese Zeit als Bordwache aufstellen ließ. Nachdem sich zwei Tage später das ›Leningrad-Kommando‹ in Richtung Bahnhof verabschiedet hatte, kehrte auf dem Schiff denn auch jene wohltuende Ruhe ein, die ich mir erhofft hatte …

Die Hauptaufgabe der ›Daheimgebliebenen‹ bestand tagsüber in der Reinigung des Schiffes und nachts in der Bewachung der noch nicht abtransportierten Container an Land. Zwei Stunden lang durfte man dabei zu irgendwelchen Unzeiten in den düsteren Kaianlagen Patrouille schieben. Als Bewaffnung musste eine Taschenlampe herhalten, und einen Begleiter hatte man wegen der personellen Unterbesetzung der Restmannschaft auch nicht – ein Umstand, der angesichts der herrschenden Verhältnisse in diesem Lande nicht ganz ungefährlich war. So konnte einem bisweilen schon etwas mulmig werden, wenn man um drei Uhr morgens bei absoluter Dunkelheit mutterseelenallein durch das unübersichtliche Container-Labyrinth streifte, ohne genau zu wissen, was möglicherweise hinter, zwischen oder auf diesen eisernen Behältern lauern könnte. Gottlob aber blieben wir von entsprechenden Zwischenfällen immer verschont, und der einzige Feind, mit dem wir es tatsächlich Nacht für Nacht zu tun haben sollten, war allein die bohrende Langeweile. Andererseits eigneten sich die dunklen Mußestunden hervorragend zur intensiven und exzessiven Auseinandersetzung mit gewissen, bislang verdrängten Fragestellungen, so z.B.:

Wie lange wollte ich auf diesem Schiff eigentlich bleiben?

Wollte ich überhaupt noch bleiben?

Wie sollte es im Ganzen weitergehen mit mir?

Jetzt, nachdem unser Trip zu Ende und unsere Aufgabe in diesem Land praktisch erfüllt war, tat sich eine gewisse Leere auf, die nach neuen Herausforderungen, neuen Zielen verlangte. Doch diese mussten erst noch gefunden werden …

»Perestroika und Glasnost haben alles kaputtgemacht!«, begann der junge russische Kapitän nach ein paar Schlucken Wodka in seiner Kabine. Der drahtige Seemann, dessen Wege jeden Tag an unseren Containern vorbeiführten, hatte mich nach einem kleinen Plausch am Kai zum Kaffee auf sein Kühlschiff eingeladen und berichtete nun von seinen Sorgen und Nöten in diesem Land.

»Breschnew war ein alter kranker Mann, der nicht mehr wusste, was um ihn herum vorging«, erklärte er, »aber die Läden waren voll zu dieser Zeit, das System funktionierte irgendwie! Und jetzt? Nichts mehr gibt es zu kaufen hier, und wenn, dann ist es importiert und so teuer, dass der kleine Mann es sich einfach nicht leisten kann – das ist die Realität von Gorbatschow! Ich habe Familie und weiß nicht, wie ich sie den nächsten Monat durchbringen soll, und das, obwohl ich Kapitän auf Großer Fahrt bin – ein schlechter Witz! Ich sage dir: Für euch war Gorbatschow gut – für uns aber ist er der Ruin ...«

Wer konnte dem Lockenkopf mit den aufgeweckten, kastanienbraunen Augen diese Ansicht schon verübeln? Tatsächlich waren auch uns immer wieder das dünne Warenangebot in den ›Supermärkten‹ und die langen Menschenschlangen vor fast leeren Bäckereien und Fleischereien in der Stadt aufgefallen. Der Rubel befand sich seit dem Putschversuch vor drei Wochen noch immer im freien Fall, und ein Ende war nicht abzusehen. Sogar beruflich hoch qualifizierte Leute – wie z.B. Guidos Frau als Zahntechnikerin – mussten sich mit einem Hungerlohn von umgerechnet etwa 25 DM monatlich abfinden! Was konnte man von der Bevölkerung da noch erwarten?

»Aber jetzt erzähl doch mal was von eurem Schiff!«, wechselte der jugendliche Sanguiniker nun das Thema, »so 'n Ding wie die Spirit habe ich in meiner ganzen Laufbahn noch nicht gesehen ...«

Als ich daraufhin die Geschichte der Spirit sowie meine eigene zum Besten gab, sagte der Russe am Ende begeistert: »Hierüber müsste man glatt ein Buch schreiben!«

»Genau das habe ich vor, wenn ich wieder zu Hause bin!«

»Und wann wird das sein?«

»Ich weiß es noch nicht ... ich habe von Plänen gehört, dass wir nach Jugoslawien und möglicherweise nach Israel weiterfahren sollen. Vielleicht bin ich da noch dabei, vielleicht aber auch nicht ...«

»Wirst du über unsere Unterhaltung auch schreiben!?«

»Mit Sicherheit werde ich das tun ...«

Am folgenden Tag fand das beschauliche Dasein auf unserem Geisterschiff ein jähes Ende. Die Crew kehrte aus St. Petersburg zurück und damit auch der Trubel. Die einen berichteten aufgedreht von ihren Eindrücken und Erlebnissen, die anderen warfen sich erschöpft in die Kojen. Fast ununterbrochen sei man auf Achse gewesen, habe kaum geschlafen, tonnenweise Nahrungsmittel und Bibeln verteilt. Eine unglaublich schöne Stadt, hieß es. Viele hoch gewachsene Ladys, wieder einmal. Aber auch viel Elend, besonders unter der älteren Generation. Bettelarme, verwahrloste Menschen seien in das Stadion geströmt und hätten ihnen die Nudelpackungen fast aus der Hand gerissen. Einen Gottesdienst nach dem anderen habe man abgehalten und viel Musik gespielt. Und ›Wunder‹ seien auch geschehen, erzählte Louis. Eine alte kranke Frau habe ihre schmerzhaften arthrotischen Finger in seine Hände gelegt, und da habe es ein Knacken und Reiben gegeben, und siehe da, die Finger der Alten seien wieder gesund und wie neu gewesen. Was mich zugegebenermaßen ein wenig irritierte, war die Tatsache, dass offenbar auch der geschätzte Don Tipton derartige ›Miracles‹ erlebt haben wollte. Beweise dafür gab es allerdings nicht und wird es wohl auch nie geben …

An diesem Abend machte ich mich mit Scott, Mike und Linda auf den Weg in die Stadt. Als wir – wie immer – den Park durchquerten, fiel uns auf, dass diesmal ungewöhnlich viele Menschen unterwegs waren, die von einer gewissen Hektik und Nervosität befallen schienen. Kaum jemand saß noch auf den Bänken, alles hastete entweder in Richtung des Stadtzentrums oder aber in die genau entgegengesetzte Richtung. Irgendwie hatte es den Anschein, als sei etwas geschehen oder würde gleich geschehen, von dem wir nichts wussten. Als wir den Park wieder verließen, kamen ein paar Militärjeeps mit bewaffneten Soldaten an uns vorbeigefahren.

»Hier muss irgendwas los sein!«, schloss ich messerscharf und machte Anstalten, dem kleinen Konvoi zu folgen. Da drang aus einer Seitenstraße unvermittelt tumultartiger Lärm. Plötzlich fiel ein Schuss. Etwa 100 Meter von uns entfernt quoll mitten auf der Straße eine Rauch- und

Staubwolke um ein panzerähnliches Amphibienfahrzeug auf, und Menschen stoben panikartig auseinander. Scott packte mich instinktiv an der Jacke und zerrte mich wieder zurück zu den anderen, die sich im Hintergrund gehalten hatten. Ich ließ es geschehen, und vielleicht sollte ich unserem ›Langsamen‹ heute noch dankbar dafür sein ...

Der Gefahrenstelle kaum entronnen wurden wir von einer Menschenmasse erfasst, die plötzlich von irgendwoher kam und sich zur Stadtmitte fortbewegte. Alle Augen waren auf einen einzigen Punkt gerichtet, und als wir den angestrengten Blicken folgten, erkannten wir sogleich den Grund des ganzen ›Aufruhrs‹: Hinter der großen Lenin-Statue am Rande des Parks war ein kümmerlicher gelber Kran platziert, von dessen Hebebaum zwei mickrige Stahlseile herabhingen. Ihre Enden waren fein säuberlich um die Achseln des stählernen Riesen geschlungen und warteten offenbar nur darauf, diesen aus den Angeln zu heben. Während der Kran aber – Gott sei Dank! – zunächst noch untätig blieb, mühten sich einige Meter unterhalb auf einem windigen Gerüst zwei Männer ohne Arbeitskleidung und Schutzmaske mit Hilfe eines einzigen lächerlichen Schweißbrenners damit ab, Lenins überdimensionale Stiefel vom Sockel zu trennen. Doch vergeblich – der einstige Begründer der Sowjet-Union blieb stur und ließ sich nicht so schnell von seinem Thron stürzen. Das Volk aber gab nicht auf und feuerte die beiden ›Helden der Arbeit‹ immer wieder mit Spruchchören und Händeklatschen zum Weitermachen an.

»Die Russen sollen alle abhaun!«, rief eine alte Frau in gebrochenem Deutsch neben uns, »und uns zurückgeben, was sie geklaut haben, »setzte sie erbost hinzu und kippte einen Schluck aus ihrer Wodkaflasche.

Nun wurden ›schwerere Geschütze‹ aufgefahren. Von der gegenüberliegenden Seite des Platzes aus setzte sich ein Fahnenzug mit der lettischen und – siehe da! – amerikanischen Nationalflagge in Bewegung und steuerte unerschrocken und todesmutig auf den widerspenstigen Hohlkörper zu. Dieser aber blieb im wahrsten Sinne des Wortes hart und ließ sich von derartigem Brimborium nicht im Geringsten beeindrucken. Also Kommando zurück und weiterschweißen! Mittlerweile war es schon dunkel geworden, und der alte Erzmarxist hatte sich noch keinen einzigen Millimeter von der Stelle gerührt, als Mike und Linda sich von dem Spektakel verabschiedeten, um den Zapfenstreich an Bord nicht zu verpassen. Scott und ich blieben, da wir uns dem ›Atem der Geschichte‹ nicht entziehen mochten und immer noch Hoffnung hatten, den endgültigen Fall des sowjetischen Chef-Ideologen ›live‹ miterleben zu können. Noch aber befackelten unsere beiden Spezialisten auf dem Podest ebenso unermüdlich wie ergebnislos lediglich das Schuhwerk desselben ...

Als sich auch nach einer weiteren Stunde nicht einmal die Sohle Lenins löste, ließen schließlich auch Scott und ich das Volk mit seiner scheinbar sogar über den Tod hinaus unverbesserlichen Führerfigur allein und begaben uns zurück zum Hafen. Doc Roy, der um diese Zeit die Gangway bewachte, zeigte sich sehr angetan von unseren Berichten über das ›große historische Ereignis‹ in der Stadt, konnte aber nicht umhin, unsere ›etwas verspätete‹ Ankunft an Bord im Wachbuch zu vermerken. Kurz nach dem Frühstück am nächsten Morgen erhielten Scott und ich dann eine gute und eine schlechte Nachricht. Die gute war, dass es vor wenigen Minuten (!) nun doch gelungen sei, Herrn L. aus dem Stadtbild zu entfernen und damit die Unabhängigkeit Lettlands von der UdSSR endgültig zu besiegeln, die schlechte, dass wir beide zwei Tage Bordarrest bekamen. Dass die vergangene Nacht lebendig gewordene Geschichtsstunde dieses Opfer wert war, wurde dabei weder von Scott noch von mir auch nur für eine Sekunde bezweifelt. Dass aber die jüngsten Ereignisse die wohl größte historisch-politisch-gesellschaftliche Zäsur am Ende des ausgehenden Jahrhunderts und Jahrtausends einläuten sollten, nämlich das Ende der gesamten Sowjet-Union und damit der bipolaren Weltordnung, des Kalten Krieges und der sozialistischen Ideologie in einem, ahnte zu diesem Zeitpunkt freilich noch niemand ...

»Weltweiter Börsensturz, sämtliche Währungen sind verfallen! Am schlimmsten hat es die deutsche Mark erwischt – mit 1:17 gegenüber dem Dollar!«, lauteten die Horrormeldungen, die Don Tipton an diesem Vormittag in der Messe verbreitete. Auf meine skeptische Nachfrage, ob er sich bei letzterer Mitteilung nicht etwa in der Währung bzw. der Kommastelle geirrt haben könnte, meinte der ehemalige Geschäftsmann selbstsicher und fast ein wenig schadenfroh: »Nein, nein, die deutsche Mark ist völlig abgeschmiert – 17 Mark sind jetzt ein Dollar!«

»Ich kann's einfach nicht glauben!«, flüsterte ich Peter zu, »vor einem Vierteljahr stand die Mark noch ca. 1,5 zum Dollar! Das ist ja Wahnsinn ...«

»Allerdings ... wie konnte das nur passieren?!«, fragte sich auch der Deutsch-Amerikaner unter Sorgenfalten und rückte seine Brille zurecht. Jamie hatte sich wie vom Donner gerührt auf eine Bank sinken lassen und krächzte schon beinahe erschüttert und mit Schweißperlen auf der Stirn:

»Ausgerechnet die harte deutsche Mark so tief unten? Mein Gott – was für eine Katastrophe für die Weltwirtschaft!«
Doch die ›Katastrophe‹ blieb aus. Stattdessen entpuppte sich noch am Abend via Medien die 17 in der Tat als 1,7, was zu dieser Zeit zwar einen herben Verlust für die deutsche Währung bedeutete, aber mit Sicherheit noch nicht den ökonomischen GAU auslöste. Don Tipton ließ sich die nächsten Tage nicht mehr blicken an Deck ...

14. APPARATSCHIKS

Die Dame, die da aus dem Taxi stieg und mit dem Aktenkoffer unter dem Arm auf die Gangway zutippelte, erfüllte schlichtweg das perfekte Bild vom sozialistischen Apparatschik: Um die fünfzig, altmodische Dauerwelle, verklärter Behördenblick, grauer Teint, grauer Rock und schwarze Lackschuhe. Don half der Zollbeamtin an Bord und führte sie in die Messe, von wo aus ich sie schon durch das Fenster beobachtet hatte.

Nach reiflicher Überlegung hatte ich nämlich mittlerweile den Entschluss gefasst, das Schiff zu verlassen und in die Heimat zurückzukehren. Ich hatte einfach zunehmend das Gefühl, auf Dauer weder als Seemann noch als Wanderprediger besonders geeignet zu sein. Die ständige harte, körperliche Arbeit, das unaufhörliche Herumschippern in einem künstlichen Käfig sowie der enge religiöse Rahmen an Bord waren einige der Gründe für diese Entscheidung gewesen. Zudem aber hatte mir schon seit längerem ein gewisser, untrüglicher Instinkt schwelende Spannungen unter den Deckhands signalisiert, die nur noch eines kleinen letzten Funken bedurften, um sich zu entzünden. Und last but not least war die Heimat jetzt doch zum Greifen nah, und da konnte und wollte ich nicht mehr ›widerstehen‹ ...

Die Frau grüßte mich knapp und förmlich, setzte sich und legte ihren schwarzen Koffer akkurat vor sich auf den Tisch.

»Was ist Problem?«, begann sie kühl in gebrochenem Deutsch.

»Ich will das Schiff verlassen und mit der Bahn nach Hause fahren, nach Deutschland«, antwortete ich.

»Das geht nicht!«, sagte sie mit abweisender Miene.

»Wieso nicht?«

»Weil Sie nur Visum für Schiff haben und nicht für Zug.«

»Das weiß ich, aber es muss doch irgendwie möglich sein, von Lettland nach Deutschland zu reisen!«

»Ja, aber nicht mit diese Visum!«

»Mit welchem denn dann?«

Die Dame klappte jetzt ihren Aktenkoffer auf, stöberte kurz darin herum und schloss ihn wieder, ohne etwas herausgeholt oder wirklich darin nachgesehen zu haben.

»Warum nicht fahren mit Schiff zurück nach Deutschland und dann nach Hause mit Zug?«, wollte sie jetzt wissen.

»Weil es nicht sicher ist, ob das Schiff überhaupt nochmal einen Hafen in Europa anlaufen wird. Nach letzten Informationen werden wir möglicherweise ohne Zwischenstopp nach Amerika zurückfahren!«, entgegnete ich, schon leicht genervt.

»Und da Sie wollen nicht mitfahren?«

»Nein!«

»Warum nicht?«

»Weil ich wieder nach Hause will!«

»Allein?«

»Allein!«

»Aber Sie arbeiten auf Schiff!«

»Bis jetzt – aber dann nicht mehr!«

»Und Kapitan erlauben, dass Sie nix mehr Arbeit?«

»Kapitan erlauben!«

»Dann Sie brauchen andere Visum!«

»Welches?«

»Transitvisum!«

»Ich beantrage es hiermit!«

»Aber nicht bei mir!«

»Wo dann?«

Die Dame hielt nun für einen Moment inne, bekam dann plötzlich so etwas wie einen menschlichen Gesichtsausdruck und sagte mit einem Anflug von Gutmütigkeit:

»Warten Sie, ich sage Ihnen!«

Damit klappte die Beamtin ihren Aktenkoffer wieder auf, kramte diesmal aber tatsächlich etwas hervor, nämlich einen Kugelschreiber und einen Zettel. Letzteren bekritzelte sie mit ein paar Linien und Wörter und fügte hinzu:

»Da Sie müssen gehen, in diese Straße. Diese Amt geben Transitvisum. Aber vielleicht das geht nicht – ich weiß nicht ...«

Dann machte sie eine Geste, als ob sie nicht mehr tun könne für mich, schloss den Koffer und erhob sich.

»Viel Glück!«, wünschte sie mir und tippelte wieder über die Gangway zurück zum Auto.

Die Crew hatte sich mittlerweile mit meinem – geplanten – Weggang arrangiert, und die Schiffsführung befreite mich ab sofort vom Dienst an Bord, damit ich die entsprechenden Formalitäten erledigen konnte. Zur Sicherheit und Unterstützung bei den Behörden gab man mir Peter an die Hand.

»Wirklich sehr schade, dass du uns verlässt«, sagte der Weizenblonde unterwegs, »ich hoffe, du tust es aus den richtigen Gründen ...«

»Das hoffe ich auch, Pete, aber ich denke, die Zeit ist reif dafür ...«

»Willst du in Deutschland mit der Schauspielerei weitermachen?«

»Nein, das glaube ich nicht. Es soll schon bei dem bleiben, was ich mir in San Pedro vorgenommen hatte. Ich will etwas machen, was sich mit dem Geist der Spirit verträgt, aber was genau, das weiß ich noch nicht ...«

Erst einmal aber musste ich von hier wegkommen. Und das war gar nicht so einfach. Als wir nach einer wahren Taxi-Odyssee durch die baltische Fast-Millionenstadt die entsprechende Behörde endlich aufgetrieben hatten, standen wir zunächst vor verschlossenen Türen – Mittagspause. Ein paar Stunden später öffnete man wieder, und wir nahmen in einem Wartesaal Platz, der mit seiner hohen Decke, seinen lang gezogenen Fenstern und dem übermäßigen Raumangebot stark an die ungarisch-österreichische K.u.K.-Zeit erinnerte. Auf roten Sofas harrten wir zusammen mit etwa einem Dutzend anderer Leidensgenossen der Dinge, die da kommen sollten. Aber – wie so oft in sozialistischen Breitengraden – es kam nichts. Als man auch nach einer halben Stunde nicht eine einzige Person in die Amtsstube bestellt hatte, wurde es mir schließlich zu bunt, und ich schritt kurzerhand auf die portalartige Tür des mutmaßlichen Büros zu, klopfte und öffnete sie dann unaufgefordert. Was ich nun sah, hätte ich besser nicht sehen dürfen:

Vom Qualm ihrer Zigarillos und Havannas umnebelt und in dickgepolsterten Sesseln sitzend hielten da die Herren Beamten ungeniert ihr verlängertes Mittagsschwätzchen, während eine Dame das gemütlich knisternde Feuerchen im Kamin mit Holzscheiten bediente. Bei meinem Erscheinen erstarrte das Gruppenbild auf einen Schlag, und man gaffte mich schweigend an, als würde ich direkt vom Mars kommen. Die Frau am Kamin löste die sekundenlange Starre auf, indem sie sich erhob, auf mich zukam und nach meinem Begehren fragte. Als ich ihr daraufhin – ohne es an einer gewissen Dramatik fehlen zu lassen – in einem Mischmasch aus Deutsch und Englisch mein Anliegen vortrug, erklärte sie sich gnädigerweise bereit, meinen Fall umgehend zu bearbeiten – worauf die Herren in den Anzügen einen Abgang machten oder anderweitig in den Hintergrund traten. Mein naiver Glaube, nun kurz vor dem Ziel zu stehen und möglicherweise in wenigen Minuten mit einem Transitvisum in der Tasche das Amt verlassen zu können, wurde freilich jäh enttäuscht, als mir die Frau lapidar eröffnete:

»Sie müssen schreiben, warum Sie von Schiff gehen und nach Deutschland fahren wollen. Kapitan muss geben Signum auf Papier. Und Sie brauchen auch Passbild und Rubel für Gebühr! Dann Sie kommen morgen wieder!«

Wenigstens war die Dame noch so freundlich gewesen, mir Name und Anschrift des einzigen Fotografen in der Stadt zu nennen, denn mit Lichtbild-Automaten war man hier offensichtlich noch nicht so weit ...

Nach einer weiteren nervenaufreibenden Irrfahrt durch die Rushhour von Riga ward der kleine Fotoladen schließlich gefunden, und noch am gleichen Abend hielt ich – trotz altertümlichster Kamera-Technik – mein mittlerweile bärtiges Konterfei schwarz auf weiß in Händen. Zurück auf der Spirit schrieb ich dann den gewünschten Aufsatz und legte das Gesülze unserem Käptn' zur Unterschrift vor.

»That's okay, boy – but never take drugs!«, sagte der nur und kritzelte seinen ›Servus‹ darunter.

Als ich am darauf folgenden Vormittag mit den geforderten Unterlagen und ein paar raschelnden Rubelscheinen in der Hand wieder auf dem Amt erschien, brannte kein Feuer mehr im Kamin, und innerhalb weniger Minuten erhielt ich das begehrte Dokument. Schon wollte ich mich damit glücklich und zufrieden wieder aus dem Staube machen, da fügte die Dame von gestern nicht ohne sadistischen Unterton noch hinzu:

»Aber das ist nur für Lettland. Jetzt Sie brauchen noch Visa für Litauen und Russland!« Dies war nun der Preis, den ich für die ›Befreiung des Baltikums‹ zu zahlen hatte ...

Als ich mich wieder auf der Straße befand, hatte ich das Gefühl, keinen Schritt vorwärts gekommen zu sein und musste angesichts der Prozedur, die mir immer noch bevorstehen sollte, erst einmal schlucken. Netterweise hatte mir die Angestellte noch einen Stadtplan in die Hand gedrückt, in dem sie die entsprechenden Konsulate bzw. Botschaften eingerahmt hatte. Die Besorgung der beiden anderen Visa sollte sich jedoch nach Vorlage des lettischen ›Passierscheins‹ weit weniger aufwändig und kompliziert gestalten wie zunächst befürchtet, und nach einem weiteren zwar ebenfalls mehrstündigen, mittlerweile aber durchaus routinierten ›Outdoor-Einsatz‹ im Behördendschungel von Riga hatte ich sämtliche Erlaubnisse, das Land zu verlassen, endlich ergattert. Jetzt ging es ›nur noch‹ darum, das Bahn-Ticket zu kaufen ...

Siegessicher begab ich mich gleich am nächsten Tag in das große staatliche Reisebüro im Stadtzentrum – angeblich die einzige Verkaufsstelle für Zug-Fahrkarten –, marschierte selbstbewusst an einen freien Schalter und sagte zu der jungen Dame hinter dem Glas auf Englisch:

»Ich hätte gern ein Bahn-Ticket nach München! Was kostet das?«

»350 Dollar!«

»350 Dollar?!«

Dieser Preis war für ›Ost-Verhältnisse‹ auf jeden Fall zu hoch angesetzt.

»350 Dollar!«, erwiderte das Fräulein roboterhaft, ohne mit der Wimper zu zucken.

»Hmm ... und wann geht der Zug?«

»18. Oktober!«

»18. Oktober?! Sie meinen wohl den 18. September, denn schließlich haben wir heute ja erst den 16. 09.!«

»Nein – 18. Oktober! Monat 10!«, wiederholte die Angestellte betont unmissverständlich.

Ich war baff. Der nächste Zug erst in einem Monat? Was sollte ich bis dahin tun? Wo sollte ich hin, wenn die Spirit – wie mittlerweile feststand – in wenigen Tagen auslief? Einen ganzen Monat im Hotel übernachten? Das wäre mein Ruin gewesen! Fliegen? Genauso! Aber welch andere Möglichkeit gab es? Gab es überhaupt eine? Sprachlos und verwirrt verließ ich den Schalter und schlurfte die Treppen zum Ausgang des Gebäudes hinunter ...

Sei es nun Zufall gewesen, Schicksal oder göttliche Fügung – jedenfalls öffnete ich das schwere Portal und trat in die Fußgängerpassage, als genau in diesem Moment Guido, der stolze Lette vom ›Tag der offenen Tür‹, vorbeispazierte. Im selben Augenblick erkannten wir uns gegenseitig wieder.

»Was hast du denn im Reisebüro gewollt?«, fragte er mich neugierig. Daraufhin schilderte ich ihm die Begebenheit und die ungute Situation, in der ich mich befand. Da schüttelte er heftig seinen Kopf und sagte:

»Pah! Wir gehen jetzt nochmal da rein! Lass mich zuerst an den Schalter – ich werde mit der Dame reden ... Wenn ich dir dann ein Zeichen gebe, gehst du hin und sagst deinen Spruch noch einmal! Beim Bezahlen gibst du der Angestellten dann fünf Deutsche Mark Trinkgeld – nicht mehr und nicht weniger, okay?!«

Obgleich ich wenig Chancen sah, dass Guido die Sache für mich herumreißen konnte, war ich natürlich einverstanden, es zumindest auf einen Versuch ankommen zu lassen. Also stiegen wir gemeinsam die Treppen wieder hoch, und ich zeigte meinem Patron den Schalter, an dem ich noch vor wenigen Minuten so kläglich ›abgeblitzt‹ war. Der Lette ging daraufhin schnurstracks auf diesen zu, wechselte mit der Bediensteten ein paar Worte und winkte mich dann herbei. Ich kam mir verständlicherweise reichlich albern vor, als ich nur 10 Minuten nach meiner

Abfuhr am gleichen Schalter der gleichen Angestellten das gleiche Anliegen vortrug:

»Ich hätte gern ein Bahn-Ticket nach München!«

»Bitte schön!«

»Was kostet das?«

»25 Mark!«

»Was?!«

»25 Mark!«

»Nach München, Deutschland?«

»Nach München, Deutschland!«

»Direkt?«

»Direkt!«

»Mit Schlafwagen?«

»Mit Schlafwagen!«

»Also wirklich nach München ...«

»Ja, nach München.«

»Und wann geht der Zug?«

»Heute, morgen – wann sie wollen!«

»Morgen reicht!«

Dann schob ich dem Fräulein einen 20- und einen 10-Mark-Schein unter der Scheibe durch und erhielt – mein Ticket!

»Sag mal, Guido, hab ich jetzt geträumt oder ist das eben wirklich passiert?«, fragte ich anschließend meinem Retter in der Not, als wir wieder draußen auf der Straße waren.

»Bist du Deutscher und kannst du nicht verstehen dieses Land!«, sagte der nur lächelnd, »it's crazy system!«

Da mein Zug am folgenden Tag erst spät Abends ging, half ich vormittags noch mit, in der Großmarkthalle Obst und Gemüse für die Mannschaft zu besorgen. Schließlich neigte sich auch für die Crew der Aufenthalt in diesem Land langsam dem Ende zu, und es galt, rechtzeitig frischen Proviant für die bevorstehende Seereise zu organisieren. Wohin diese nun allerdings gehen sollte, wusste noch niemand ...

Nach dem letzten Abendessen in der messhall packte ich dann meine Sachen zusammen. Phillip hatte sich auf sein Bett gelegt, um mir in der engen Kabine nicht im Wege zu stehen, und beobachtete mich von dort aus.

»Es war eine Ehre für uns, dich an Bord unseres Schiffes gehabt zu haben«, sagte er nach einer Weile, »du hast wirklich Autorität, die Bibel zu predigen!«

»Danke«, erwiderte ich, »aber die Ehre war ganz auf meiner Seite ...« Dann drückten wir uns, mit den Tränen kämpfend. Da klopfte es an der Tür.

»Stefan! Don will dich noch sprechen!«, sagte Peter vom Gang aus. Minuten später saß ich in der Kabine des Ersten Offiziers. Mit einem Ausdruck überlegener Weisheit sah er mir in die Augen und sagte: »Stefan ... vom ersten Augenblick an, als du bei uns aufgetaucht bist, wusste ich, dass du nicht bleiben würdest ...«

»Hmm, ich wusste es ehrlich gesagt nicht ...«

»Na egal – ich bin jedenfalls der Letzte, der jemanden davon abhalten will, dieses Schiff zu verlassen, wenn er es wünscht. Jeder Mensch soll den Weg gehen, den Gott ihm zeigt ... allerdings liegt die Schwierigkeit oft darin zu erkennen, ob ein Weg nun wirklich Gottes Wille ist oder nicht ...«

»Das stimmt, aber ich denke, es ist Gottes Wille.«

»Dann ist's gut – wenngleich du gerade auf diesem Schiff Gott sicherlich hervorragend weiterdienen und deinen Glauben noch vertiefen hättest können ...«

»Ich weiß, aber ich glaube, es ist aus verschiedenen Gründen Zeit für mich zu gehen ...«

»Okay, Stefan! Wenn du nun zurückgehst in die ›Welt‹«, – eine weitere Redewendung, die ich wohl niemals vergessen werde –, »wird es nicht leicht werden, den Glauben beizubehalten, denn ›da draußen‹ lauern viele Gefahren, wie du weißt. Daher würde ich dir empfehlen, möglichst bald eine gute Gemeinde aufzusuchen! Ansonsten wünsche ich dir nur das Beste für deinen weiteren Lebensweg! God bless you!«

»God bless you!«
Dann reichte ich Don die Hand und ging.

Auf dem Rückweg zu meiner Kabine kam mir Douglas entgegen.

»Ich möchte mich nochmals dafür bedanken, dass ihr mich damals aufgenommen habt, Doug!«, sagte ich zu ihm. Daraufhin zögerte er einen Augenblick, bevor er gestand: »In fact, it was Don Tipton ...« Dann beteten wir noch ein letztes Mal zusammen und verabschiedeten uns voneinander.

Danach durchwanderte ich die gesamte Spirit vom Bug bis zum Heck, schlenderte an den geschlossenen holes, den hochgezogenen Ladebäumen, den aufgeräumten Geräteschuppen und dem festgezurrten Beiboot entlang, ging durch den Unterrichtsraum, das Acht-Mann-Deck und am Freezer vorbei, stieg die Treppen zum Maschinenraum hinab und bis zum Topdeck wieder hinauf, und wusste schließlich nicht mehr, ob ich mich nun richtig oder falsch entschieden hatte ...

Auf der Brücke traf ich eine andere einsame Seele, die da im Dämmerschein der untergehenden Sonne neben dem Steuerrad kauerte und über Walkman David Bowie hörte.

»Ich hoffe, dein Vater nimmt mir das nicht übel ...«, sagte ich zu Ron und fühlte mich scheußlich.

»Ach was«, erwiderte er, nahm die Kopfhörer ab, legte sie auf die Armaturen und stellte die Musik so laut, dass auch ich sie mithören konnte. »Allerdings hat er immer dich als Vorbild genannt, wenn ich mich wieder einmal gefragt habe, was ich hier soll ...«

Ich sah ihn an und schwieg, und wir ließen uns beide vom morbiden Flair von Bowies ›Fashion‹ hinabziehen. Don Tipton selbst sollte ich nie wieder begegnen ...

»Wo wirst du hingehen, wenn du wieder in Deutschland bist?«, fragte mich Peter, als ich ihn und seine Frau zum Abschied in der Kabine besuchte.

»Erstmal zu meinen Eltern – ich habe ja keine eigene Wohnung mehr, wie du weißt ...«

»Klar ... bist du dort auch telefonisch erreichbar?«

»Natürlich, ich gebe dir gleich die Nummer.«

»... falls wir doch noch in Dänemark einen Zwischenstopp machen sollten, meine ich ... vielleicht überlegst du es dir ja doch nochmal anders!«, schob der Weizenblonde nach und rückte sich die Brille zurecht.

»That's gonna hurt, brother!«, stammelte Scott mit großen, wässrigen Augen und quetschte mich fast zu Tode, als ich in der Messe stand und mit Manuel, Jim, Doc Roy und einigen anderen Heimatadressen tauschte. Und sogar der dicken Colleen kullerte eine nasse Perle über die Wange, als sie mich umarmte und sagte:

»In San Pedro war ich ehrlich gesagt dagegen gewesen, dich mitfahren zu lassen, weil ich skeptisch war, ob du dich bei uns einfügen würdest! Jetzt aber möchte ich dich am liebsten gar nicht wieder fortlassen!«

Da erschien – leicht verspätet und etwas abgehetzt – Guido in der Tür. Er hatte mir am Vortag freundlicherweise angeboten, mich mit seinem Auto zum Bahnhof zu fahren.

»Stefan, we must go schnell, weil ich nicht darf mit Auto fahren zu Schiff!«, drängte er. »Ich parking vor Hafen ...«

Da die Spirit zwischenzeitlich wieder an einem weit zurückversetzten Pier lag, war damit in der Tat eine gewisse Eile angebracht. Schnell reichte ich noch jedem, der sich in der messhall aufhielt, die Hand, bevor ich meinen Rucksack schulterte. Auf den Mittschiffstreppen traf ich dann noch auf unseren schnauzbärtigen ›Schweizer‹.

»Es tut mir Leid«, sagte ich mit ›schlechtem Gewissen‹, »aber es gab einfach ein paar Sachen an Bord, die mir auf Dauer etwas zu viel wurden. Und ich will einfach keinen Ärger auf dieses Schiff bringen ...«

»Du brauchst dich für unsere Sünden nicht zu entschuldigen«, erwiderte Jamie, »ich respektiere und verstehe deine Entscheidung.«

»Danke! Aber trotz allem – glaub mir: Es war das Ereignis meines Lebens!«

»Ich glaube dir!«, sagte der Mann mit noch heiserer Stimme als sonst. Dann schritt ich mit Guido die Gangway hinab. Als ich mich auf unserem Weg über die Kais noch einmal umdrehte, um einen letzten Blick auf das Schiff zu werfen, das zweieinhalb Monate mein Zuhause gewesen war und mich über die Weltmeere getragen hatte, sah ich Linda und

Scott unter dem fahlen Lichtkegel der Decksbeleuchtung stehen und mir nachwinken. Es wollte mir fast das Herz brechen, doch mein Entschluss war unwiderruflich ...

Trotz allem war ich dann doch froh und erleichtert, als wir rechtzeitig am Bahnhof eintrafen und der Zug nach München schon dampfpustend bereitstand. Ich bezog meinen Platz in einem Vierer-Abteil und trat ans Fenster, um mich bei Guido zu bedanken und zu verabschieden.

»Endlich mein Volk hat sich befreit von sozialistisch System«, sagte der Lette abschließend. »Auch ich bin marschiert für diese System, weißt du, aber jetzt – das ist wie Aufwachen aus Traum! Ich sage dir: Wir waren blind – blind ...«

Der Schaffner pfiff jetzt, und der Zug setzte sich langsam in Bewegung.

»Vielleicht kannst du mal Einladung schreiben zum Marathonlauf in München – dann habe ich Chance, nach Deutschland zu fahren und dich zu besuchen!«, rief mir der Slawe noch hinterher.

»Ich denke, da lässt sich was machen!«, rief ich zurück. »Bis bald!«

»Bis bald!«

Dann gewann der Zug an Fahrt, ließ die Menschen auf dem Bahnsteig winkend und schniefend zurück und rollte stampfend in die Nacht hinaus.

Guido sollte der Einzige sein, mit dem ich noch viele Jahre in Kontakt blieb ...

15. Coming home

Das Wiedersehen war fulminant. Nach viereinhalbmonatiger Odyssee um die halbe Welt erschien der ›verlorene Sohn‹ urplötzlich und unangemeldet vor der Wohnungstür seiner Eltern. Da waren alle früheren Zwistigkeiten und Verstimmungen schnell vergessen, und man lag sich nur noch in den Armen – trotz Bart. Auch die sogleich aufgefahrene bayerische Küche entschädigte für so manches. Und gegen Weißwurst, Brezen und Bier hatten Tortillas, Bohnen und Eistee natürlich keine Chancen ...
Die folgenden Tage ließ ich es mir einfach nur gut gehen im elterlichen Zuhause, genoss das lange Ausschlafen und schlichte Nichtstun, die Ruhe, die Geborgenheit, die Vertrautheit der Umgebung und der alltäglichen ›Abläufe‹, traf mich mit Freunden und Freundin unter ›weißblauem Himmel‹, erzählte ihnen von allem, was ich erlebt hatte, und stattete sogar dem meinerseits schon lange geschmähten Oktoberfest endlich wieder mal einen kurzen Besuch ab.
Meiner Agentur teilte ich mit, die Schauspielerei nun definitiv an den Nagel gehängt zu haben, und begann, Pläne hinsichtlich meines weiteren beruflichen Werdegangs zu schmieden. Zu allem, was christlichen Zielen diente oder christlichen Grundsätzen entsprach, war ich bereit. So spielte ich einmal mit dem Gedanken, mich professionell in die Entwicklungshilfe zu begeben, ein anderes Mal, Theologie zu studieren, dann wieder eine Ausbildung zum Krankenpfleger zu machen, und so weiter und so fort ...

Gerade als ich dabei war, auf heimischem Boden wieder Fuß zu fassen und neue Lebensperspektiven zu entwerfen, klingelte eines schönen Tages das Telefon.

»Weiß nicht, wer dran ist«, sagte meine Mutter, »hab den so schlecht verstanden ...«
Wie von der Tarantel gestochen sprang ich auf und riss den Hörer an mich.

»Hi, Stefan!«, grüßte die vertraut verslangte Stimme am anderen Ende der Leitung, »ich wollte dir nur mitteilen, dass wir nun doch nach Dänemark gefahren sind und noch einige Tage dort liegen werden! Arhus heißt der Ort, liegt am Kattegat und ...« Dann war das Gespräch abrupt beendet.

»Ist was los?«, fragte mich Mutter, das ›Unheil‹ wohl schon ahnend.

»Nein, nein – alles in Ordnung!«, antwortete ich, »mach dir keine Sorgen ...«

Tatsächlich aber hatte mich schon wieder jenes ›Fieber‹ gepackt, das ich zuletzt in San Pedro verspürt hatte, und noch am gleichen Tag begab ich mich zum Bahnhof, um mich über Zugverbindungen nach Arhus zu ›informieren‹, und ›rein zufällig‹ hatte ich denn auch gleich genügend Geld für ein Ticket mit ...

Meine Eltern waren nicht gerade begeistert, als ich ihnen noch am gleichen Abend eröffnete, dass ich wieder auf die Spirit zurückwollte. Irgendwie ging von diesem Schiff eine magische Anziehungskraft aus, der ich ein weiteres Mal erlegen war und die sämtliche vorherige Überlegungen, Entscheidungen und auch noch so begründete Gegenpositionen kurzerhand über den Haufen warf. Zudem brannte ich insgeheim schon die ganze Zeit darauf, die Seereise nach Jugoslawien und Israel fortzusetzen. Vielleicht würden wir ja dann auch den Suez-Kanal durchqueren, über die andere Seite des Globus nach Amerika zurückfahren und damit eine komplette Erdumrundung hinlegen – ein wahrlich faszinierender Gedanke, oder nicht?! Also packte ich zum Entsetzen aller nach knapp anderthalb Wochen daheim erneut meinen Rucksack und zischte ab in Richtung Norden ...

Nach einer ganztägigen Bahnfahrt durch die gesamte Republik und die grünen Ebenen Jütlands erreichte ich kurz vor Sonnenuntergang schließlich die bewusste dänische Hafenstadt. Etwas abgespannt und mit leicht gemischten Gefühlen begab ich mich zu den Kaianlagen. Und gleich am vordersten Pier sah ich sie auch schon. Ihr dunkelblauer Bug mit dem markanten weißen Schriftzug ragte fast bis über die Hafenstraße hinaus, und ihre mächtigen, auf Grund der leeren Frachträume hoch aus dem Wasser getriebenen Bordwände ließen die ausgefahrene Gangway ungewöhnlich steil auf dem Kaiboden aufstehen. An Deck war außer einer wachhabenden Person niemand zu sehen. Leblos, wie ausgestopft lag die Spirit da und hatte so nichts mehr von dem Glanz, den sie einst in San Pedro versprüht hatte. Oder war alles nur Einbildung, ein komischer Traum?

Als ich mich dem Schiff näherte, erkannte ich langsam den Wachmann, der mit verschränkten Armen und mürrischem Gesicht stocksteif an der Reling stand und unverwandt zu mir herabblickte. Es war Walter, das guatemaltinische Kraftpaket. Obwohl er mich ebenfalls erkannt haben musste, zeigte er nicht die geringste Spur einer Wiedersehensfreude – ja, begrüßte mich nicht einmal, als ich die Gangway hinaufschritt. Da erschien Douglas auf dem Mitteldeck.

»Hi Stefan! Willkommen zurück an Bord! Wir haben dich schon erwartet ...«

»Hi, Doug! Woher habt ihr gewusst, dass ich ...«

»Pete hat gesagt, dass du wahrscheinlich heute noch zurückkommen würdest ...«

»Tss, der ›Mistkerl‹! Aber sag mal – ist irgendwas los hier?«

Die Miene des amerikanischen Pastors verfinsterte sich nun etwas, und er sagte:

»Well, Stefan, kurz nachdem du in Riga von Bord gegangen warst, gab es eine schlimme Keilerei unter den Deckhands – also genau das, was du immer hattest kommen sehen! Es war eine regelrechte Explosion, und die Schiffsführung hatte größte Mühe, die Burschen zu trennen ... aber jetzt komm doch erst mal rein und ruh dich aus. Du kannst selbstverständlich wieder deine alte Koje bei Phillip beziehen. Er wird sich freuen, dich wieder zu sehen ...«

Das tat er auch. Mein Ex-Zimmergenosse war gerade mit Peter, Scott, Jim, Mike und Doc Roy in der Messe, als ich diese mit meinem Rucksack betrat, so wie ich sie vor knapp zwei Wochen verlassen hatte.

»He's back!«, rief der bärtige Gitarrist strahlend, ging auf mich zu und nahm mich in den Arm.

»Giek!«, war wieder einmal alles, was Scott herausbrachte, und er glotzte mich durch seine dicke Brille an wie das achte Weltwunder.

Doch alle Wiedersehensfreude konnte nicht über die drückende Stimmung an Bord hinwegtäuschen. Es lag eine Art kollektiver Depression über der Crew, wie ich sie nie zuvor auf diesem Schiff erlebt hatte. So konnte ich in dieser Nacht trotz Reisemüdigkeit und Herbstwind, der angenehm über das Bullauge durch unsere Kabine strich, kein Auge zutun, sondern wälzte mich nervös von einer Seite zur anderen, bis der Morgen hereinbrach.

Die Lessons an diesem grauen ersten Oktober erschienen mir ebenfalls wenig aufbauend. Ein von einem anderen christlichen Missionsschiff entsandter Diakon versuchte, sich als Gastredner mit allerlei religiöser Dogmatik zu profilieren und merkte nicht, wie sehr er damit die Herzen der Spirit-Crew verfehlte. Sogar das anschließende Praise and Worship, dessen Tam-Tam mich bisher immerhin noch genervt hatte, empfand ich diesmal als leer und lustlos. Irgendwie schien auf diesem Schiff nichts mehr so zu sein wie am Anfang. Oder hatte ich nur alles Unangenehme vergessen und verdrängt? Hatten mich die wenigen schönen Tage in der Heimat schon wieder zu sehr verwöhnt? Vielleicht war ich ja schon im Begriffe, das Erlebte zu verklären? Vielleicht war ich aber auch nur aufgewacht aus einem fünfmonatigen Tagtraum ...

Nach dem Frühstück kam Douglas auf mich zu und bat mich um ein Vier-Augen-Gespräch im Briefing-Room, also dort, wo wir uns zum ersten Mal begegnet waren.

»Well, Stefan, es freut uns natürlich, dass du wieder zurückgekommen bist«, fing er an, »aber wir möchten von dir nun die Sicherheit, dass du auch für eine bestimmte Zeit im Dienste der Spirit bleibst! Denn wir brauchen für das Funktionieren dieses Schiffes und die Erfüllung unserer Aufgaben natürlich einen festen Mitarbeiterstamm, der sich auch für längere Zeit an uns bindet ...«

»Und für wie lange?«

»Unsere Verträge sehen nach dem dreimonatigen ›Trial‹, welches du ja schon erfolgreich absolviert hast, eine zweijährige Missionszeit vor.«

»Zwei Jahre?! Und wo werden wir in dieser Zeit voraussichtlich hinfahren?«

»Erstmal zurück in die USA, nach Texas. Dort werden wir wieder Ladung aufnehmen und dann vermutlich für einige Zeit zwischen Amerika und Afrika hin- und herpendeln.«

»Hm ...«

»Du kannst dir die Sache ja nochmal in Ruhe durch den Kopf gehen lassen und eine Nacht drüber schlafen! Ich weiß, es ist eine schwierige Entscheidung ...«

»Okay, ich werde es mir überlegen ...«, sagte ich und ging in meine Kabine.

Doch es gab nichts mehr zu überlegen. Ich fühlte mich – egal, aus welchen Gründen – einfach nicht mehr wohl auf diesem Schiff. Die Initialzündung war weg, Arhus nicht San Pedro, und der dänische Kai nicht Pier 57. Und womöglich ich nicht mehr derselbe wie vor fünf Monaten ...

Als ich kurze Zeit später mit meinem Rucksack an Deck auftauchte, kam das für viele sehr überraschend, fast wie ein Schock. Doch keiner unternahm den ernsthaften Versuch, mich wieder umzustimmen, denn man sah mir wohl an, was in mir vorgegangen war.

»Du verlässt uns schon wieder?«, fragte Douglas ungläubig staunend.

»Ja«, antwortete ich, »und diesmal ist es endgültig. Ich bin jetzt davon überzeugt, dass Gott mich auf lange Sicht woanders haben möchte!«

»That's okay, Stefan«, sagte der Pastor »du schaffst es auch ohne uns, da bin ich ganz sicher! God bless you!«

»God bless you, Doug!«

Dann ging ich von Bord, in eine gegenüberliegende Telefonzelle und bestellte mir ein Taxi. Als ich wieder aus dem Häuschen trat, lief mir noch Franco über den Weg.

»Wenn wir wieder in Amerika sind, werde auch ich dieses Schiff verlassen«, sagte der Mexikaner mit dem Bürstenhaarschnitt, »denn auch ich habe Pläne für mein weiteres Leben gefasst, Stefanski. Bis dahin aber werden wir das zu Ende führen, was wir hier begonnen haben!«

Dann gaben wir uns die Hand und gingen auseinander.

Auf dem Weg zur Straße hörte ich noch jemanden meinen Namen nachrufen.

Ich drehte mich um und sah meinen ›Freezer-Brother‹ Manuel, wie er ganz vorne am Bug der Spirit stand und mir mit hoch erhobenen Armen zuwinkte.

»We love you!«, rief er über das brackige Wasser und den öden Asphalt hinweg.

Da kam das Taxi.

Es war wie Sterben.

NACHWORT

Für die Aufnahme und die hervorragende Zusammenarbeit an Bord
möchte ich jedem einzelnen Besatzungsmitglied der ›Spirit‹, das gegen
Ende des zweiten Jahrtausends n. Chr. an dieser großartigen Reise teil-
genommen hat, meinen herzlichen Dank aussprechen:

George Folden
Carla Ford
Douglas Ford
Justian Ford
Melissa Ford
Heather Greene
Roy Grubbs
Gordon Harris
Manuel Juarez
Linda Lawrence
Mike Lawrence
Jan Marquardt
Peter Marquardt
Colleen Mc Bride
Amy Mc Mahon
Colleen Mc Mahon
Don Mc Mahon
Donna Mc Mahon
Dan Ross
John Ross
Jamie Saunders
Nathan Saunders
Jim Sipple
Scott Stratton
Mike Sutton
Ron Tipton
Luana Valladolid

sowie Al, Alex, Betty, Cecil, Cindy, Dario, Ermalinda, Franco, Frank,
Gunter, Hector, Horge', Kike, Louis, Martin, Mary, Max, Mike, Paddy,
Patrick, Phil, Phillip, Rick, Roberto, Steve, Vinnie, Walter

vor allem aber: Don Tipton

Zugleich wünsche ich mir
im Namen unserer Erde
und der gesamten Menschheit,
dass es auch im
NEUEN MILLENNIUM
immer wieder
A u s e r w ä h l t e
geben wird, die die
Sache Gottes
weitertragen.